Ronso Kaigai
MYSTERY
203

盗聴

The Case of the Talking Bug
The Gordons

ザ・ゴードンズ
菱山美穂［訳］

論創社

The Case of the Talking Bug
1955
by The Gordons

目次

主要登場人物

グレッグ・エヴァンズ……………………………………警部補
ジョージ・ピアソン………………………………………私立探偵
ハリー・J・マローン（ブリッツ）……………………証券会社社長。マネーロンダリング首謀者
エドワード・オステン・アンダーソン………………マローンの手下。中古車販売店主
ザンプ（司祭）……………………………………………マローンの手下
エレン・マーシャル………………………………………マローンの愛人
ウィリアム・ブラー………………………………………不動産店主
ジャン・ローガン…………………………………………不動産店従業員
シャロン・ローガン（コーキィ）………………………ジャンの妹
ブラッド・ランカスター…………………………………副本部長。グレッグの上司
ジョー・パッカー…………………………………………グレッグの同僚
マクタミッシュ……………………………………………ニューズ紙の記者

盗聴

第一章

午後一一時五三分、警察の盗聴器がマローンの電話を傍受した――機器は科学技術部の職員の間ではオールド66で通っている――若い女性が、どこの誰ともわからない女性が殺される。九月六日月曜日、満月、大都会には珍しく星が輝く夜。

その夜もグレッグ・エヴァンズはいつものように職場に向かった。午後五時過ぎにステーシー・ビルディングから吐き出される秘書たちの群れの間を通り抜ける。彼女たちの香りや笑い声、疲労のにじむ顔に気を取られ、群れから抜けようとする秘書と時折ぶつかる。

オフィスビルの中で、彼は尾行されていないかを振り返って確かめ、電話室に入ってダイヤルを回す。

「ジョージ、着いたぞ」

「オーケー、グレッグ」

エレベーターに乗り九階で降りると、右に曲がり、廊下の突き当たりで左に曲がった。ちょうどその時ドアから出てきた若い女性とぶつかりそうになり、目が合う。

その女性が立ち去ってから一番奥のオフィスの錠にすばやく鍵を差し込む。中に入り、ドアを閉めた。かつては受付室だったが今はがらんとしている。彼は三歩進んで次のドアに近づき、違う鍵を錠に差し込んだ。

中に入るとジョージ・ベンソンが回転椅子に座ってなにやら警戒していた。三八口径のピストルが覗くホルスターが、腰でぎこちなく揺れる。

「やあグレッグ」ジョージが言う。署の科学技術部を制御するより、教授として机に座っているほうが向いていそうな学者肌だ。

「何かあるのかい?」グレッグが再生装置に向かって頷きながら尋ねる——機械は二十七台、室内に馬蹄型に並べてあり、それぞれ電話を傍受している——すでに殺人や誘拐やチンピラにまつわる事件が明るみに出ているか、これから出そうな家やオフィスにつながっていて、ひょんなことから犯罪に巻き込まれた善良な市民の生活をも傍受している。

機械がさえずっている——喋る虫《トーキングバグ》、と仲間内では呼んでいる。

「……ああ、あなたペギーを知っているのね、彼女ったらいつも調子よく二、三歳サバを読んで、……ずいぶんうまくやってるわ……」

「……まあ、ジーニー、何してる?」

「……もし彼にまたあんな言い方されたら、ずたずたに切り裂いてやる……マットレスの下に肉切包丁を隠してあって……」

「……ジョー、今日はだめなんだ……女房と子供をショーに連れてかなきゃならない……ああ……」

「……あなた、何時に起きたの、家の時計が止まっていて……」

いまは賑やかな時間だ。夜のこの時間帯には、馬蹄形の中で生活が丸聞こえになる。甘く陽気なものもあれば、衝撃的で猥雑なものもある。

グレッグはジョージのほうを向いた。「さっき言ってたよな……」

「今日の午後、うまい具合に10番を傍受できたんだ」

10番で盗聴しているのは拳骨《ナックルズ》マーストンの電話だ。こわもての拳銃マニアの十八歳のチンピラで、ここ五カ月ほど街の北部の住宅地を物騒にしている、十代の不良集団ホワイト・フェンスのボスだ。警察の記録では殺人一件、傷害九件、強盗二十七件を起こしているが、有罪判決はない。

ジョージが傍受記録を報告する。「奴らは今夜、五十七番街とイースト・ランドルフの交差点にあるジョーの酒店を、閉店間際に襲撃するつもりだ」

「録音したのか?」

「ああ――ミス・カボットにテープ起こしを頼んである。強盗課と少年課に声をかけた」

グレッグは頷くと馬蹄形に置かれた機器の周りを歩き始め、各々の再生装置の横の傍受記録に目を向けた。メープル・スー・ベンドを盗聴しているテック8のところで彼は立ち止まった。メープルは殺人容疑で指名手配中のジョゼフ〝マグズィー〟ハーディンの情婦として知られている。傍受記録にはこうあった。「午後三時三一分――メープルからウィンピー（?）――ウィンピーは今夜九時四〇分にバスで何者かが来るといっている。テープ録音」

「ウィンピーというのは何者だ?」グレッグが尋ねる。

「初めて聞く名だ。殺人課に連絡しておいた」ジョージが言う。

グレッグが傍受記録を確認している間、ジョージは馬蹄形の中央にある回転椅子に戻った。その位置からだと一歩でどの再生装置にも手が届き、会話に事件性があると思われる時に横のテープレコーダーを瞬時に作動できる。

グレッグがテック12で立ち止まる。「ジョーンに進展は？」

「彼女の母親の電話があった。小児麻痺《ポリオ》だ」

グレッグは唇を噛んだ。ジョーンは五歳、じき六歳になる。彼女の母親が毎朝友人に電話する様子はテック12で盗聴されている。ジョーンがおたふく風邪や水疱瘡《みずぼうそう》にかかったり、幼稚園に通うようになったのを知っている。グレッグはジョーンがサンタクロースからキックスケーターを貰い、誕生日には子犬を贈られたのも聞いていた。

ジョージが言う。「ついてないな」

グレッグは頷いてすばやく部屋を後にすると、四角いガラス張りのオフィスに向かった。彼のオフィスから盗聴室が見え、隣の同じく四角い部屋ではミス・カボットがテープ起こしをしている。

驚かせないようグレッグはノックした。彼女が振り返り、微笑んだ。

「テック10のはできているかい？」

「いま終わるところです」

グレッグは踵を返したがミス・カボットはしばらく彼の後ろ姿を眺めていた。長身痩軀の彼の滑らかな身のこなしや、微笑みを湛えた気さくな話し方を、彼女は好ましく思っている。

午後一一時五三分にオールド66が電話を傍受し始めた時、グレッグはジョージに呼ばれた。

オールド66は年季が入っているので甲高い音を出す。全員がその機器の動きを監視し、科学技術部の職員たちは真の愛情を注いでいる。オールド66が解決したのは殺人事件十七件、ゆすり三十三件、誘拐二件、強姦事件や加重暴行事件は数えきれない。実績は後ろの壁に貼ってある。

オールド66は現在、マルモ事件に当たっている——マルモというのはマローンという名前と、金《マネー》絡みの犯罪を縮めた暗号名だ。オールド66はハリー・J・マローン宅の電話を盗聴している。マローンはザ・ロウにある企業の融資家で、海外取引のディーラーだ。アルゼンチン産の小麦を英国に、チリ産の銅を香港に売ろうとしている。

そのマローンにはザ・ロウでまったく知られていない副業がある。恐らく全米最大級規模で、巧妙にマネーロンダリングを行っているのである。

グレッグはかつてジョージに説明していた。「今回はうまくゆく。例えば、誘拐犯が身代金十万ドルをせしめるとする。犯人は警察がドル紙幣の通し番号を控えていて、使うと捕まると知っている——チャールズ・リンドバーグ誘拐・殺害事件でブルーノ・ハウプトマンがそうだったように。だから犯人はハリー・マローンのような盗金買受人《マネーフェンス》を見つけて、きれいな金二〜三万ドルで手を打つと申し出る。そしてマローンは手に入れたばかりの十万ドルを海外取引につぎ込む。洗浄された金が全米に戻ってくる頃には、大勢の会計士や探偵を使わないと跡を辿るのは難しいはずだ。

奴らは決して満足しない。アル・カポネに融資していたシカゴの銀行家を見てみろ。今じゃ大金持ちだ」

マローン自身は決して資金運用も取引もしない。警察にもその集団は知られておらず、盗聴で「ホーギー」なる人物が実動しているとしかわからない。

そのホーギーがいま話している。「そう責めないでくれ……」

マローンの声はか細く整然としていて、ほとんど抑揚がない。「おれの言うことをよく聞くんだ……」

グレッグは踵を返し、外の電話を取った。「警察だ。交換士長を頼む」

彼はほんの一秒待った。「ルーシーだな。グレッグ・エヴァンズだ。BO―八二七五六を逆探知してくれないか?」

グレッグは電話を切って盗聴室に引き返した。指を忙しく動かす。

ホーギーが話している。「だから、奴らを止められないんだよ、ブリッツ。奴らはあのガキの面倒を見るつもりだ」

「どこへ?」

「さあな。たぶん同じ場所――サンディービーチだ」

「いつ?」

「おれの知ったことかよ、ブリッツ。たぶん今夜だろ」

「この件でおれが怒り狂ってると奴らに伝えてあるのか?」マローンが尋ねる。

「もちろん――言ったさ。だが奴らは、彼女を気にかけているのはふたりだけだと思っている。アパートの女家主と、働いている安酒場の主人だ」

「女子大生と言ってなかったか」

「ああ――確かにそうだ。夜ウェイトレスをしている」

「気に入らないな」

「おれもだ――でもどうしようもあるまい?」

彼らが電話を切った時に外の電話が鳴り、グレッグは驚きで心臓が飛び出そうになった。彼が受話器を取る。「ああ、ルーシー、わかった。ありがとう」

グレッグたちは逆探知した電話回線について八分間話した。ホーギーなる人物が何者か、そしてホーギーは誰と話したのか。話した相手はサンディービーチで若い女性を殺すのだ。

グレッグは拳銃を確認し、腰の前に引っ張りコートを着ると、迅速に指示した。「殺人課に通報。ハーバーにパトカーを二台配備してもらうようマックに頼んでくれ。そしてジョー・パッカーに連絡。五分でおれが迎えに行くと伝えろ」

グレッグはドア口で引き返した。「マックと話す時には気をつけろ。奴に盗聴していると気づかれるな。密告者からの情報だというんだ」

第二章

グレッグはモーター音が次第に速まるのを感じた。明るく目立つ標識が瞬く間に脇を過ぎて、小さな点となる。彼の前には道が広がり、車は嘆き叫ぶ恐竜さながらサイレンを響かせて進む。サンディービーチまで六マイルだ。この時間でも交通量は多い。二〇分。運が良ければ一五分。

ジョー・パッカーが歩道の縁石で待っていた。彼はいつでもいるべきところにいる——清潔な白いシャツにネクタイをきちんと結んで。薄茶色の髪の丸顔、がっしりした体形で、歳は二十代後半。彼は、マルモ事件でグレッグの補佐をしている。グレッグはアクセルを踏み走行距離数の針を六十から七十に上げてジョーに緊急度の高さを示した。

「その女性の素性も知らずに、どうやって殺しを止めるんです？」ジョーが尋ねながら、薬莢を三八口径に詰める。

グレッグにも見当がつかない、そこが警察の仕事の怖いところだ。暗闇を手探りで進むと喉が締めつけられる。

木造の年季の入った桟橋の横にある、風雨に晒された漁師小屋の裏にパトカーを停める。グレッグは車から降りると、上気した顔に冷たい波しぶきを感じながらサンディービーチを見下ろした。一マイル続く入り江は地中海さながらだ。歩いているふたりの人影が月明かりの下ではっきりとわかる。

女性かどうか見極めようとする。

ジェーコブセンが人影にすかさず駆け寄った。直近の発砲事件で一緒だった警官で、彼と他の三人の警官は同僚のハーバーの部下だ。

グレッグは瞬時に状況を把握しつつも、文字通り時間に追い立てられる気がした。警官たちの目が訴えかけてくる。被害者の特徴もつかんでいなくて密告者の情報と言えるのか？

グレッグは向けられた視線を払いのけた。「ジョー、この海岸を担当している第一の監視員の持ち場を見てくれ、ジェーコブセンは第二の監視員の位置から頼む」

低い塔が頼りなく立ち並ぶ。月明かりと星の光と双眼鏡のおかげで、二人で浜辺を見渡せる。殺害や銃撃は防げないが、揉み合いになったり、女性が逃げたりするのは確認できる。

通り沿いのがたつく遊歩道に立ち並ぶ、ホットドッグ・スタンドや骨董品屋のそばで待機するよう、署員たちに指示する。彼らが持ち場に向かうと、グレッグは靴と靴下、コートを脱ぎ、ネクタイとホルスターを外した。銃をベルトに差し込み、ズボンの裾を捲り上げて髪を手でかき乱す。貝殻を拾いにきているように見えればいいのだが。

勢いよく浜辺を歩くと踏みしめる砂が温かかった。砂に足を取られるのに慣れておらず、少しよろける。静まり返った夜の帳が垂れ込める中、宵っ張りのカモメが飛び回る。空気は塩気を帯びている。

月明かりや星の光を頼りに浜辺を監視する。しっかり抱き合っているカップルの横を通り過ぎる。彼らは視線を上げようともしない。

波打つ音が静寂を破る。はるか遠くで汽笛が針路を警告している。きらめく波は岸に近づくにつれて小さくなる。浜辺に打ち上げられた海草は忘れ去られた死体のようだ。

女性が叫びながら水から出てくる。片手で砂をすくい、数フィートそばまで泳いできた男性に向かって投げた。グレッグから離れるように女性は走ってゆき、男性が追いかける。グレッグも後に続いた。男性は追いつくと女性の腕をつかんで浜辺に押し倒した。グレッグが近づくと男性が彼女にキスをしていた。彼女は観念したようで、キスの合間に笑いながら抵抗している。「もうチャーリーったら、ここでは駄目よ。お願い、チャーリー」

グレッグはしばらくそのまま歩きながら盗聴器について考えた。マローンはしっかりしていたが、そもそも彼は常にしっかりしている。気に入らない、と彼は言っていたが、危険を察知したのかもしれないし、〝ポリシーに反する〟のかもしれない。マローンはポリシー、ルールに沿って生きているのだ。

「ずいぶん昔にルールを作ったんだ……」彼は常々ホーギーに言っているはずだ。

ましてや自分で手を下さないにせよ、暴力沙汰に加担するのはマローンらしくない。かつて何度か尾行したことがある。鉄灰色の髪と目を持つ痩せた男で、歩くのが速い。少しきざな感じだが陽気な顔だ。地味だが身繕いは整い、適度に高価で趣があるアパートに母親と住んでいる。遠い昔に結婚したことがあると思い出させるひとり娘がスタンフォードにいる。夕暮れ時はときどきユニオンリーグクラブに出没するが、たいていは家賃が月八十ドルの愛人宅で過ごす。とても背の高い三十代のブルネットの女でエレン・マーシャルといい、しわというしわを化粧でごまかしている。マローンはマーシュと呼んでいる。

エレンを尾行したこともあり、彼女の行動パターンを知っていた――背筋の伸びた女性馬術家とナイトクラブで腰を振るストリッパーを兼ね備えたような女だ。二階にカントリークラブが、一階にバーレスクがある妙な取り合わせである。

入り江の端に行き着いたグレッグは、白亜層の低い崖を登った。ある程度の高さになるまで登ってから、数分かけて浜辺を区画ごとに確認する。月に薄い雲がかかっているが、それでも辺りは良く見えた。

波打ち際に沿って水着姿の男性が散歩している。誰かを探しているかのように時折立ち止まる。彼以外に浜辺に人影はなく閑散としている。

グレッグは腕時計を見た。午前一時三五分。

彼に気づいたのだろう、男性が顔を上げたようだ。何か思いついたかのように踵を返して、いま来た道を引き返していった。

グレッグは去ってゆく男と同じ歩調で進んだ。百ヤードほど先の波打ち際を歩き、波の低い轟きに耳を傾け、視線を落とした。自分でもわからぬまま、じっと立ち尽くす。寄せた白波が引いていっても、何も見えない。グレッグは一歩後ずさり、ほんのわずかな光で水が透き通って見えるところに行った。

グレッグは懐中電灯を点けたり消したりした後、ジョーやジェーコブセンにわかるように懐中電灯を上げた状態で海に膝まで入り、死体を懐中電灯で照らした。腕を岩場に挟まれて、優雅に浮かんでいる。仰向けで黒い髪が潮の流れに沿って揺れ、簡素な白い水着に日に焼けた肌が映える。

顔はほとんど覆われていた。水中眼鏡をして、口にくわえたサイフォンのような形の細いチューブが顔に沿って後頭部に続いている。足には長いフィンをつけている。

駆け寄ってきたジョーにグレッグが言う。「手遅れだった」

「いったいこれは何です？」ジョーが屈みこみながら尋ねる。

「スキンダイビングをしていたんだ。このチューブはスノーケルと言って——空気を吸うためのものだ」

「スキンダイビング？」

グレッグが頷く。「水面を泳ぎながら海底を観察し、目に留まったものがあると潜る。スポーツの一種だ」

第三章

三〇分後に到着した検死官が、遺体を浜辺に移動し、水中メガネとスノーケルを外した。亡くなった女性は二十五歳から三十歳と推定され、大学院生の可能性はあるが大学生には見えなかった。初見では争った跡はない。水着姿にもかかわらず打撲傷のないことから――仮に殺人なら――溺死させられた、という結論に達した。

二十四時間営業のレストランで、署の犯罪組織部門を担当している副本部長ブラッド・ランカスターの家にグレッグは電話をした。電話を取ったのはいつものように彼の妻だ。彼女は夫の睡眠の確保に情熱を燃やしている。

電話口のランカスターの声は日中と同じく切れが良い。他の連中は粗野だと思うかもしれないが「下っ端のエヴァンズ」からすれば、ブラッドは頼れる存在だ。午前三時に会議を招集してくれた。

グレッグとジョー・パッカーが署に戻ろうとした頃には午前二時を過ぎていた。グレッグはハンドルを握りながら浜辺に思いを巡らせた。死というものに決して慣れない。あたかも患者を死なせてしまった傷つきやすい外科医が、診断や病状の把握、手術までの過程を振り返るようなものだ。

どこかで誤ったのではないか、どこかで。分岐点で何か見落としたか。グレッグは精査しようとしたが、できなかった。

警察署本部まで安全運転で帰ったので、ジョーは歩いたほうが早かったとぼやいた。彼はグレッグを観察していた。彼は常に周囲の人々の長所と短所を見極めている。ジョーは意欲的な警察官で、勇ましい輩《やから》と同様に、くそ忌々しい仕事に誠心誠意取り組むのを好む。

彼らは殺人課に立ち寄った。コーヒー代として十セント硬貨を葉巻の空き箱に入れた、ちょうどその時、細長い部屋の向こうからビル・エーカーズが呼んでいるのに気づいた。彼は大きな毛むくじゃらの野良犬のようだ。ベルトを腹の上と下、どちらに締めるか決めねばならない胴回りに達する年齢だ。彼は下に締めることにしていた。

ビルが自分のコーヒーをかき混ぜながら言う。「体に悪いな。おかげでこっちは胃がオールドフェイスフル（イエローストーン国立公園内の有名な間欠泉）並みに沸きかえっちまう」

ビルは絶妙な間で笑うグレッグに目をやった。一緒に笑える奴は信用できる。

「四件ほど有力な手がかりがある」ビルは、ミス・カボットがタイプしたオールド66の記録の写しを手に取り、グレッグに渡した。

「二件はこの中にある。ガイシャは女子大生で、夜はレストランで働いている。他の二件は検死課からだ。ガイシャは数か月前に盲腸の手術をしている。そしてスキンダイバーだ。若い連中の話では、町に――人口五千人ほどだが――〈スノーケル・ホイッパーズ〉というスキンダイビングの店があるらしい」

ビルがスノーケルを手に取る。「こんな管で空気を吸うなんて潜望鏡《ペリスコープ》みたいなものだな。これで海面の数インチ下を泳いで海底を見るわけだ。若い連中の話だと、パチンコのような銃で魚を捕るらしい。大きなゴムバンドがついているそうだ。だがガイシャは泳いでいただけと思われる」

グレッグはスノーケルを興味深げに見た。六インチほどある。ダイバーはさらに深く潜っても、肺に空気がある限り海中にいることができる。

ビルが続ける。「検死課の話だと――深く潜り過ぎると――酸素不足で昏睡状態になって、いかれちまうらしい。それで死ぬ奴もいるそうだ」

グレッグはビルの話に耳を傾けながら、刑事たちがレストランのオーナーや大学職員へ電話して夜中にたたき起こしているのを聞いていた。何度も同じフレーズが聞こえる。「痩せ形で体重は百二十ポンド、身長五フィート六インチ。茶色い瞳に茶色い髪――襟足が見えるほど短い。左目の上に小さな切り傷がある。年齢は二十五歳から三十歳」

インターホンが鳴り、ブラッドのオフィスに呼ばれた。ビルはネクタイを直し、シャツの裾をズボンに入れてコートを着た。

グレッグとビルとジョーがブラッドのオフィスに行くと、彼は安葉巻を喫おうとしているところだった。机の横でマッチを擦って葉巻に火を点けると、グレッグたちに視線を向けた。彼は小柄で落ち着きがなく、神経質でせっかちだ。この二十年ばかり、彼が急死してくれるのを誰もが期待している。

グレッグたちが席を見つける前にブラッドが話し出した。「今回の件は不慮の溺死事故として公表するつもりだ。我々が事前に情報を入手したとハリー・マローンやホーギーが知ったら、盗聴されていると疑うだろう――それではオールド66は台無しだ。わかったか?」

彼は返事を待たなかった。「事件担当のブンヤたちの午前六時の締切が過ぎたらハーバーに通常案件として処理させるつもりだ。身元不明の女性の溺死体発見――以上。状況を伝えて、市内版が出る時までに何とか丸く収めろ」

ブラッドは詳細を知りたがった。グレッグたちは迅速かつ専門的に説明した、というのもそれがブラッドの好みだからだ。彼は殺人事件の要点をかいつまんで説明できる署員のみを当てにしている。

本件がマネーロンダリングの結果によるもので、マルモ事件の解明に関わるのか、殺人犯が単にホーギーの仲間なのか、三人で討論した。ビルは殺人課の立場から、迅速な確認を求めた。「もしマルモに溺死させられたのでないなら、ハリー・マローンを調べればいい。奴を絞めつけてホーギーの正体を吐かせて、殺人犯の名を言わせるんだ」

電話の音に三人が驚く。ブラッドが唇の端に葉巻を挟んだまま受話器を取った。「ああ、テーラー……わかった……そうか……でかした」

ブラッドは電話を切り、おずおずとグレッグを見ると、葉巻の灰を落として考え込んだ。

「ガイシャはすでに死亡していた。オールド66で電話をキャッチした頃にはもう。検死官によると死亡推定時刻は午後五時から一〇時だ」

グレッグがつぶやく。「その、わたしは……」

彼らは一瞬黙りこみ、新たな事実を互いに咀嚼した。グレッグはむしろ気が楽になった。手遅れでもなかったし、へまもしなかった。

「ホーギーは明言していたのですが」グレッグは声が次第に小さくなった。あの電話はどこかおかしい。

熟考ゆえの沈黙を打ち破ったのはブラッドだった。「ここに新しい一覧表がある」素っ気なく言うと、良く見えるように机から立ち上がって書類を差した。マローンとホーギーが購入したとされる金額の記録を読み上げる。セントルイスで一名死亡のブラット事件の誘拐犯から十万ドル、デンバーのガーナー強奪事件で三万五千ドル、シアトルで二名死亡したファースト・ナショナル・バンクの強奪事件で七万五千ドル、オマハのダニエル脅迫事件で四万ドル、シカゴの赤ん坊窒息死のシンクレア誘拐事件で五万ドル。

ブラッドがさらに続ける。「ハリー・マローンの証拠をつかめたら――現ナマを手にしている現場を押さえられたら――一連の事件を解決できるかもしれない。つまり、マルモの件をおおやけにするまでは、この殺人事件の発表を避けなければならない。何か質問は？」

彼は質問を待たずにグレッグに言った。「エヴァンズ、おまえに会いたかった」その言葉を潮にビルとジョーはオフィスから出ていった。

ブラッドはいつものようにグレッグを見ながら座ったが、その癖は部下たちを常に不安にさせた。もっともブラッドに他意はなく、むしろグレッグには一目置いている――きっかけは裏社会で残忍極まりない殺人があったワトソン事件だった。グレッグが図に乗らないよう、表立って褒めはしなかったが、程なく彼を盗聴室に配属させ、後にマルモ事件に加えた。

「大陪審について何か聞いたか？」ブラッドが尋ねる。

グレッグが耳にした噂によると、大陪審は警察による盗聴を調査するよう強く求めているらしい。

ブラッドが続ける。「地方検事からは釈明するよう言われているが、あの大陪審のことだ、頭が固いに決まっている」

彼は煙の輪を吐き出した。「向こうの施設の警備状況はどうなっているんだ、エヴァンズ？　ブンヤが大騒ぎして……」

グレッグはブラッドを安心させた。盗聴室の担当者たちは一階のロビーで電話を入れてからエレベーターを利用するようにしている。ドアを二度通るのに鍵が二本必要だ。室内は二十四時間監視されていて各々の担当者は銃を所持している。窓は釘で固定し板で覆われている。部署内でも盗聴室の場所を知るのは信用のおける一握りの者で、盗聴で得た情報は、署員には、密告者からのものだと伝えられている。報告書では、こんな具合だ「ＥＶ―一六の今日の報告によると……」ＥＶはエヴァンズを表し、一六は、彼が作り出した、密告者を指す。

グレッグが静かに言う。「大陪審の前に彼らに会わせてください。わたしたちの仕事を伝えるんです――解決した事件や、誘拐犯から救い出した子供のことを……」

ブラッドが鋭く視線を上げる。「ふざけるな、エヴァンズ。おれたちはつぶされるぞ」

「わたしはそうは思いません」

ブラッドがかすかに微笑む。「見上げた度胸だ――大卒の中じゃ一番だな」ブラッドはグレッグが不利な立場にあるのをいつも思い出させる。グレッグは公共政策大学とＦＢＩの警察学校を卒業している。ブラッドは〈ニュータイプ〉の警官に用はないのだ。

また暑い一日になるだろうと思わせる明け方の、いくらか爽やかな日差しの下、グレッグは六ブロック歩いて盗聴室に向かった。どんなに頭を巡らせても、捜査の分岐点でまだ何か見落としている気がする。

部屋に入ると盗聴器は静かで、低いモーター音だけが聞こえていた。ジョージ・ベンソンの書置きを見つける。「午前三時二一分に強盗課より電話。酒屋を張り込んでいたところ拳骨《ナックルズ》マーストンと不良集団ホワイト・フェンスが引っかかった。マーストンは死亡、四人の身柄を確保とのこと」

二枚目の書置きもある。それにはこう書いてあった。「ジョーンに関して――医師の診立てでは、彼女は長く生きられないらしい。小児麻痺《ポリオ》で総合病院にいる」

グレッグは頭を抱えたまましばらく座っていた。彼が想像するジョーンはいつだって金髪のぽっちゃりした少女だ。もちろん会ったことなどないし、これから会うこともない。彼女の母はミヤス・アンドルー。彼女が毎朝電話するのが、物静かな友人のミセス・ピートで、その女性とは一度話したことがある。彼女の兄はちんけな殺し屋で劇場支配人殺害の容疑で指名手配されており、妹に電話してくる可能性がある。

ミス・カボットがタイプしてくれた書類を指でなぞりながら、マローンとホーギーの間で交わされた一一五三の会話を探し当てた。回転椅子の背にもたれて脚を机に載せ、街が次第に目覚めて賑やかになるのを感じながら書類の字面を追う。

「奴らがあのガキを始末してくれる……たぶん同じ場所――サンディービーチ……おそらく今夜……」

「確かガキは女子大生だったな」

「ああ――そうだ。夜はウェイトレスをしている」

グレッグの指がせわしなく動く。立ち上がり、鍵のかかった録音テープ三十日分のファイルの保管場所に行こうとして、足を屑入れにぶつけて中身をぶちまけた。

不器用な手つきで机の再生機にテープをセットして六回ほど巻き戻して聞き直し、ホーギーが「たぶん同じ場所――サンディービーチ」と言ったような、重要な発言を聞き逃さないようにした。ホーギーは殺人犯が以前にも浜辺に行ったかのような口ぶりだ。

それに「……奴らがあのガキを始末してくれる」とはどういう訳だ？　二十五歳の女性をガキというだろうか？　ありえなくもないが。

グレッグはテープを取り外して回転椅子を蹴った。部屋を出る時ガラスの仕切りに映る自分の姿を一瞬見た——服はしわくちゃ、髪は乱れ、髭も伸びている。

通りに出ると歩道がすでに熱を放っていた。午前九時出勤の労働者たちの波をかわすために近道としてデパートの中を突っ切る。警察署本部内のコーヒーショップにビル・エーカーズがいた。

「いいことを思いついた」グレッグが話しかける。

ビルが言う。「マクタミッシュも思いついたらしい。数分前に電話があった。サンディービーチで発見された遺体について、殺人課が調査しているかどうか知りたがっていた。だから言ってやったよ、何言ってんだ、あれは溺死さ、って、だろう？」

マクタミッシュはニューズ紙で犯罪面を担当して——かれこれ二十二年になる。署に初めて来た時に見かけた記録課のマックス・リードによると、見た目がほとんど変わっていないらしい——ほんの少し猫背で、ろくに食べていないかと思わせるほど痩せていて、興味深そうにすばしこく動く目の持ち主だった。当時はいかにも臆病そうな無名の若造だったが、今では国内でも賞賛され罵られるいい意味で賛否両論の有名な新聞記者になった。ニューズ紙は彼を「大胆不敵」と持ち上げるが、警察署では彼を「ぶっ壊し屋」と呼んでいる。

ビルがコーヒーに息を吹きかける。「マクタミッシュに情報を漏らしている署内のへぼ野郎をつかまえたら、殺人課の厄介になるかもしれない」

グレッグが言う。「監視すればいいさ。次の記事で写真が載る奴を……」

マクタミッシュは写真付きの記事で埋め合わせをする。刑事から機密情報を入手したら、マクタミッシュは刑事の写真入りで記事を書く。彼は警察署をふるいにかけているのだ。

「いいことを思いついた。本当のことを言ってもいいかい?」グレッグは再び言った。

ビルが向き直る。「おい、わざわざおれに訊くな。おれにとってはおまえはいまも殺人課だ。おまえみたいな出来る男が技術屋になってはいかん」

ビルは考えた挙句に尋ねた。「直感としてはどう思う?」

グレッグが答える。「昨夜発見された若い女がホーギーの話していたガキとは思わない。あの娘は別件だと思う」

グレッグは頭を巡らせた。件《くだん》の女はまだ殺されておらず、ぴんぴんしているかもしれない。

彼がさらに説明すると、ビルは頷いた。「その可能性はある」

ふたりは沈黙したまま熱いコーヒーを飲んだ。窓の外に見える、澄み切った空気の中で輝く街の様子にグレッグは目をやった。この街のどこかで恐らく一ダースほどの殺し屋がじっと計画を立て、一ダースほどの市民は、日常生活を送っている途中で不意に命を絶たれるとは夢にも思っていない。その内の十一人にとって、死体が発見されて通報されるまで警察は役立たずだ。だが十二人目には――この若い女には――役に立つかもしれない。

その若い女にその価値があるなら、どのように証明してくれるのだろう、グレッグはぼんやりと考えた。

すでに九時間が経過していた。

第四章

外壁が派手な黄色のペンキで塗られている自宅にグレッグが車で戻った時、隣に住んでいるシンシアがバラ園の草取りをしていた。週末毎にグレッグが家にペンキを塗る様子に、母親は閉口していたが、その母も数か月前に他界した。

「あら、グレッグ」シンシアが声をかけてきた。リーバイスのスリムジーンズを穿き、シャツの裾を出している。彼女の顔は日差しで赤味を帯びていた。

「やあ、シンシア」グレッグは答えた。

彼女が笑う。「こんなお願いをしているのをママに聞かれたら、発作を起こすかもしれないけれど――あなたのお古のシャツを譲ってくれない？　このシャツはもうボロボロなの」

彼は笑った。彼の母親は古くなったシャツをときどきシンシアに譲っていたが、さほど古くないこともしばしばあった。

「確かにそうだな、シンシア。今夜、見繕うよ」

グレッグはずっと前から彼女に好意を抱いていたが、そもそもは彼の母親が彼女を気に入っていたからだ。それから数年が経ち、今では彼なりに好きになった理由がいくつかある。

「試し書きのほうはどうだい？」グレッグは階段を駆け上がりながら尋ねた。

「やめてよ、ミスター・エヴァンズ。その話は勘弁して」

彼女はボールペンの検査のために毎日〈Ｊｏｈｎｓｏｎ〉と四千回書いている。会計士をしている彼女の父親が七月に発作を起こしたすぐ後に、彼女はその仕事を見つけた。それまでは秋の新学期に看護学校に入学する予定だった。シンシアは落胆を口にすることなく現実を受け止めた。

「ダディはきっと良くなる。そうしたら学校には行けるわ」そう彼女は言っていた。だが父親が社会復帰する可能性がないと彼女が気づいているのをグレッグは察している。

彼は髭を剃り、シャワーを浴び、服を着替えるとミスター・アダムに餌をやった。シャム猫で――グレッグの勘では――ときどき悪態をついている。

グレッグが再び車で出発する時、シンシアが雑草器を持ったまま手を振ってくれた。伸びやかな肢体で、髪の色はミスター・アダムと同じだ。

グレッグは大学でアルバイトを斡旋している部署に行き、ウェイトレスをしている女子学生の名前を教えてほしい、と職員に頼んだ。

「うちの学生が事件に巻き込まれましたか？」係の女性がおずおずと尋ねる。やれやれ。もっとも他人を気遣っているのだから、良いことなのだが。

「わからないんですよ」グレッグは答えた。

まだ秋学期が始まっていないので、仕事に就いている学生は六人だけだった。すべて地元の学生だ。

四人目の学生に、グレッグは目を付けた。スペイン語専攻のシャロン・ローガン。赤と白のチェックのテーブルクロスがトレードマークの、学生御用達のレストラン〈ヴァーシティー〉で働いている。

床屋に行ったほうが良さそうな髪をした痩せた男が、キャッシュレジスターの向こうからグレッグを見た。

「コーキィかい？　まったく、彼女の名がシャロンとは知らなかった」男は首を横に振った。「柄じゃない――まったく似合わないな」

　その学生は一週間の休みを取っている、と男が言った。

「行く先まではわからないが、女友達と湖に行くと言っていた。湖の名前までは覚えていないよ。警察が彼女に何の用だい？　コーキィは良い娘《こ》だよ。うちの娘も彼女みたいになればいいんだけれど。子供ばかりは、どうなるかわからないからね」

　他の二名の学生は無視してグレッグはコーキィの住所へ車を走らせた。サマリタン・アベニュー一四五八、サンディービーチから二ブロックのところだ。一ベッドルームで百ドルという類のアパートで、彼が思っていたよりましな造りである。

　建物の中に入ると、段になっている郵便受けの列に目を走らせ、「ジャン・ローガン――コーキィ・ローガン」と書かれた紙が張ってある所で立ち止まった。

　グレッグは毛足の長いカーペットが敷かれた階段を上がり、ルノアールの複製の前を通って二階に行ったが、二〇七号室のドアをノックしても応答がなかった。

　一階に戻り、管理人室のドアを叩く。立ち去ろうとしたその時に女性の声がした。「はい？」

　その声の持ち主の顔は、遊び疲れた様子で、ブルーのホルターネック・トップスとショーツのセットを着ていた。

「ミス・コーキィ・ローガンを探しています」グレッグが言うと、管理人は彼の職業に見当がついた眼差しになった。

「あなた誰？」ホルターネックの胸元を引き寄せながら尋ねる。

「エヴァンズという、警察の者です」

「彼女、何かしたの？」

グレッグはその問いかけが気に入らなかったが、静かに尋ねた。「何かしたほうが良かったですか？」

管理人はまだホルターの胸元を引き寄せている。「さあどうだか。あの手の娘《こ》たちは見た目は可愛いけれど――」と急に言い淀んだ。グレッグは次の言葉を待った。

「部屋の中に入りたい？」彼女が尋ねる。

「いいえ、結構です」

「遠慮しないで。わたしは手が空いているし」

「どこに行けばミス・ローガンに会えますか？」

彼女は肩をすくめた。「そうねえ、出かけちゃったのよ――旅行に。行く先は訊かないで、教えてもらわなかったから。何なら彼女のお姉さんと話したら？」

「ジャンというのがお姉さんですか？」

管理人が頷いたので彼は続けて尋ねた。「どこで彼女に会えますか？」

「勤め先はブラー不動産よ――でも今日はいないわ」

「いない？」

「そう。出勤してこないって会社から電話があったの」

グレッグは少しゆっくりした口調で尋ねた。「ジャンは数か月前に虫垂炎の手術をしましたか？」

管理人は妙な顔で彼を見上げた。「ええ、そうよ――何で知っているの?」

グレッグはポケットに手を入れたまま背中を丸めて表情を強張らせた。今夜オールド66は傍受を知らせる高音を発しているはずだ。

「昨夜、奴らはコーキィを見つけられなかったよ、ブリッツ。彼女はどこかへ旅行中だ。だが今夜までにはなんとかなる。奴らは彼女の居場所を知っている」

知るのは奴らばかりなり、だ。

第五章

耳をつんざくほどの騒音を立てて海岸通りを走り抜けるトラックが、小さなロッジのダイニングルームを小刻みに震わせる。

ジャンからの手紙を握ったコーキィの手も震えているのを、向かいの席のゲールは気づいていた。ウェイトレスが追加の注文があるかと尋ねに来た。「今日のお勧めはファッジケーキです」ゲールはそれをオーダーしてコーキィに目をやってからウェイトレスに言った。「彼女はうわのそらだわ。デザートが来ても手を付けそうにない」

コーキィはこんなに早く姉のジャンから手紙が来るとは思っていなかった。昨日ゲールと出発して、昨夜は、海岸から二十五マイル離れたこの村に宿泊した。元々この旅は気が進まなかった。心の中では行きたくないと最後の最後まで叫んでいた。だが姉はとにかく出かけろ、下着の替えは持ったかと念を押して、午前六時にクリームチーズサンドウィッチを作り、コーキィとゲールを送り出した。昨朝の姉は、一週間前の——身に何かしらが起こる前の、いつもの姉だった。

ここ数日ジャンは何事もないかのように振る舞い、精神的に疲れているだけだと言った。だが、ある日の午前四時にコーキィがふと起きると、夜更かししている姉が、遠くを見ているような何とも言えない表情で居間の窓辺に立っているのを見つけた。その頃頻繁に電話がかかってきていた。一度ジヤンが不在だった時にコーキィが出ると、電話の相手方は急に切った。その後ジャンは初めて姉貴風を吹かせ、暗くなってからは決してアパートから出ないよう、きつくコーキィに言い聞かせた。

「いったい、どうしたの？」

妹にそう尋ねられ、常日頃は冷静なジャンが狼狽した。「別に何も——とやかく言わないで」

それ以来コーキィは恐ろしくてたまらないのだ。

彼女は冷たくなったハンバーガーをかじりながら、道路の向こうの、夕日に輝く水面を眺めた。明日には四八年型のおんぼろ車で内陸の湖水地方へ向かう。

「姉の手紙を読んでいると、男というものが姉の創造物のように思えてくるわ」コーキィはそう言いながらゲールに手紙を渡した。

ジャンからの手紙にはこう書いてあった。「ミックはあなたに不釣り合いよ、コーキィ。口を酸っぱくして言ってきたけれど、姉としての威厳がないようね。ミックは手癖が悪いわ。性根を入れ替えた振りに騙されてはだめ。つき合ったどの女とも腐れ縁が続いている——山ほどの女とね。わたしにはわかるの。ねえコーキィ、男子学生が周りにたくさんいるのに、どうしてわざわざミック・フォスターのような年上を選ばなくちゃならないの？　さっぱりわからないわ。この週末は奴のことを忘れるのよ。さもないと、わたしがこの手で奴をあなたから引きはがすために究極の犠牲を払わなくちゃならない。口だけだなんて思わないでね……」

ジャンは線を引いて強調する。ちょうど語調を上げるように。それでいて次の日に肯定的になったかと思うと、手のひらを返したように否定的になったりする。

ゲールは手紙を読み終えると同時にケーキも食べ終えていた。彼女の髪は濃いブルネットだ。健診の時に身長が五フィートに届くよう、暇があればストレッチをしている。

彼女は手紙を畳み、考え込んで首を横に振った。異性にもてるタイプのコーキィがミック・フォスターとつき合うようになった理由は、ゲールには見当もつかない。あの赤毛《レッドヘアー》のせいかもしれない、と彼女は思った。大学一年生《レッドヘッド》に注意しろ、と言われたら、却ってその気になった可能性もある。そばかす顔でおまけに鼻が上向きの十九歳の男子学生——まあ、それもありだ。

「誰かしらがあなたに言わなければ」ゲールは言った。

「わたしに何を?」財布の中の金を出しながらコーキィが尋ねる。

「それよ」ゲールは言いながら手紙を軽く叩いた。

「ご参考までに、彼がくどいてきたのよ。それに彼は素敵よ、わたしは好きだわ」コーキィは背筋を伸ばすと、どこか不満そうに赤毛を揺らした。

それでもゲールは言わずにはいられなかった。「コーキィ、彼はお祖母ちゃんのすねをかじっているのよ」

言った途端にゲールは後悔した。コーキィが短気でなくて助かった。

コーキィは勘定分の代金をきっかり出した。「売上税が三・五パーセント。半セント青銅貨（1793—1857年の間、米国で鋳造）を復活させるべきよ。作るのにどのくらいかかるのかしら、あなた知ってる?」

フォードに乗ってロッジに戻るとふたりは水着に着替えた。コーキィのは少しきつい、というのも姉の水着を借りてきたからだ。コーキィには腰回りが小さすぎる。

「ミックに見せたいわね」ゲールが言った。

その日の夜は急に気温が下がり、数回泳いだだけで身体が冷えた。だが浜辺には温もりが残っていたので、ふたりは膝を抱えて砂浜に座った。

コーキィが言う。「あの月を見てよ。たいていの人たちはあんなにきれいなものを見逃しているのね。どんなに歳を取っても、それだけはご免だわ」

「わたしはあの彼を見ているほうがましだわ」若い男性が引き締まった腰をわずかに揺らして歩いてくる。

「ゲールったら!」

「だって、そうでしょ——そんなに驚かないで。わたしは単に健康なアメリカの女性なんだから」

男性がそばに来ると逞しい体つきだとわかった。

「ちょっといいかな。向こうで組体操をやっているんだけれど」男性があごをしゃくり上げ少し先を示した。

「バランスを取るために、きみくらいの体格の人が必要なんだ。協力してくれない?」そしてゲールを指差す。

ゲールとコーキィは目を見合わせた。彼は感じがとても良い。「行ってらっしゃいよ、ゲール。わたしはここで待っているわ」

ゲールと男性が歩いてゆくとコーキィは浜辺に寝そべって星を眺めながら、ジャンやミック、そして人生について思いを巡らせた。ときどき起き直って浜辺の先を見る。人間ピラミッドの頂上にゲールがいるのが見えた。

砂浜も冷えてきたのでコーキィはビーチローブをはおった。道路の向こうにぽっかりと浮かんだ月が水面に光の筋を描き、道路を銀色に輝かせている。彼女は銀の馬に引かれた銀色の馬車を思い浮かべた。仰向けになり爪先を伸ばす。レストランから一週間休みをもらった。現実から距離を置くのにちょうど良い長さだ。日常を見直すことができる。美術館で鑑賞するようなものだ。

ジャンは偏屈で、どういう訳か自分でもそれを自覚している。母親は姉によく説教していたが――そのせいで姉は実家に寄りつかなくなった。ジャンが地元を離れなかったら話は違っていたかもしれないが――姉にそのつもりがなかった。

それも何年も前の話だ――母が亡くなってから今年の十月一七日で四年になる。父が他界し、母は後を追うようにして七か月後に息を引き取った。ジャンは葬儀に出席して、長年の借金の塊だった、雑然とした金物屋――一九二二年創業のローガン・アンド・カンパニー――を引き払った後、街のアパートに引っ越した。

姉はコーキィとの違いを自覚していた。よく言っていたものだ。「姉妹だと言っても誰も信じてくれないわね」

ふたりが真剣に議論したのは、姉の援助は受けない、とコーキィが言った時くらいだった。ジャンは言っていた。「わたしは父親代わりよ。とにかく出資するわ」それでも頑固なコーキィはドラッグストアでソーダを注いだり、大学図書館の本の目録を作ったり、歯科医院の夜間受付を務めたりして稼いだ。

「あんたは相当な変わり者ね」ジャンにそう言われたこともあった。

コーキィは人が姉をどう見ているか知っている。だが人は姉に面と向かって言いはせず、ほのめかすだけなのだから始末が悪い。姉は自分が話題にのぼると唇を震わせ、感情を押し殺して、その場を離れる。

コーキィはといえば、姉についてそれほど深刻に考えたことはなかった。だが先週は違った。ジャンがまるで他人のように思えた。血走った眼で何事についても全否定する人のようだった。悪夢にうなされ、朝になると、昨日の話を蒸し返す人物になっていた。

冷気に肌を撫でられた気がしてコーキィは目を閉じた。まったく、どうかしている。

ようやく肘をついて起き上がって見回すと、彼女はひとりだった——暗闇の中で。月は雲にほぼ覆われている。波頭が立ち、風は激しくなっている。

ゲールが見当たらず、コーキィは脈が速まった。くよくよ考えすぎていた。道路の向こうにはロッジの灯りが輝き、行き交うトラックはギアをかけて下り坂で唸り声を上げている。

いま、トラックの一台がタイヤを軋らせてバックファイアを起こしながら猛スピードで走っていった。

第六章

グレッグが遺体を確認した二時間後に、溺死体はジャン・ローガンだと判明した。殺人課の調査によると、被害者は二十八歳、独身で黒い髪、浅黒い顔で、異性の目には、美人というより個性的に映るタイプだ。妹のシャロン（コーキィ）とアパートに住んで四年になる。三年前からコリンス通り一五四七番にあるウィリアム・ブラー不動産で営業職として働いていた。殺される理由はまったくわからない。ブラッドから最初に質問された点だが、彼女は妊娠していなかった。

被害者の身元確認は直ちに全警官に周知され、彼らは迅速に捜査を始めた。時間こそが潜在的な殺人犯になりうる。

全部署連絡とテレタイプ通信で、コーキィ・ローガンの人相とカーナンバーが伝達され、こう言い添えられていた。極秘参考事項：**情報提供者によると、対象者の危険性は非常に高い。所在を確認したら保護拘置すること。**

刑事たちは百マイル圏内の湖畔リゾートへしらみつぶしに電話し、署では写真を一斉発送した。警官は多くの知人や友人たちに訊きこみをし、ジャンもしくはシャロン（コーキィ）ローガン宛の郵送物を郵便局で調べた。ラジオ局や新聞社は、誤って溺死した女性の妹を警察が探している、と騒ぎ立てる。副本部長のブラッドは不正行為がないよう目を光らせた。

翌朝六時、盗聴室に着いたグレッグは腰を降ろし、オールド66が話し出すのを心許なく待っていた。盗聴記録を読もうとしても身が入らない。彼は何度も腕時計に目をやった。六時四五分、七時、七時一〇分。マローンは開始時の取引所の株価表示板のために早起きして、この時間によくホーギーと話しているのだ。

七時二三分、呼び出し音がしてオールド66が始動した。ホーギーがマローンに電話している。マローンからホーギーへ電話したことは一度もない。

グレッグは緊張して再生装置の前に立った。首筋の強ばりを感じる。電話交換士長に電話して逆探知を頼んだ。

「調子はどうだい、ブリッツ？」ホーギーが尋ねる。ブリッツというのはハリー・マローンの別名だ。かつて彼がシカゴのもぐりの仲買店から買った紙くず同然の石油鉱業株式を、大儲けを企んでいたカモに売った時から世間にその名が知られた。今ではブリッツと呼ぶものはいない。ザ・ロウではＨＪで通っている。

マローンは事務的に返事した。「ぼちぼちだ。痛みがぶり返しやがった」

「医者に診てもらえよ」

「おまえのほうがよっぽど頼りになる」

「取引がある」

「いくらだ？」

「四十万ドルだ。金はあるか？」

考え込むような間《ま》の後に「相手はいつの受け渡しが希望なんだ？」

「二十一日あたりに」

「カンザスシティーからか？」

ホーギーが慎重に言葉を選ぶ。「そんなところだ。カンザスシティーで金を持たされた奴らがこっちに来ている。だが取引相手は奴らから二十一日に金を受け取る予定のシンジケートだ」

オールド66が再び静まり、それから「わかった。相手に二十五と伝えろ」

「向こうは三十と言ってきた」

「二十五だと伝えるんだ――それが限度だ」

「わかった――後で報告する」

「あの件はその後どうだ？」

グレッグは思わず息を止めた。

「何も聞かない。今夜は何時に電話すればいい？」

「八時には出かける。七時半にしてくれ」

ほぼ同時に電話を切る音がした。グレッグは腕時計を見た。二分二十五秒。

彼は盗聴室を出た時にはすでに汗ばんでいたが、本部の擦り跡のある階段を登ってさらに汗をかいた。前方には、警官に支えられている酔っ払いがいた。「たとえ素面《しらふ》でも、あの線は歩けませんよ、おまわりさん」

階段を下りてきたふたりの若い女性がグレッグに視線を向け、その内のブロンド女性と目が合った。彼は階段を上り切ってから振り返り、女性たちが歩道に消えてゆくのを見た。マッキーンほどの優秀な刑事が窮地に陥ったのもわかる気がした。刑事が振り返ればあらゆるところに、誘惑が待っている。

足の下の床板が軋み、継ぎ目がうめき声を上げる。通りすがりに記録課のマックス・リードが、禁酒法時代の初期である一八八〇年当時のアル・カポネとも言えるビッグ・ジム・キャニスターの逮捕記録を見つけた、と話してくれた。グレッグは見に行くと約束した。

ブラッドのオフィスには葉巻の煙が漂っていた。インターホンで、報告書に関する指示を終えた彼は、受話器を置いて顔を上げた。三時間の睡眠で十八歳並みに血色がいい。

「おはよう、グレッグ。それはなんだ?」ブラッドが腹の底から言った。

「カンザスシティーの連邦準備制度の事件を覚えていますか? 奴らが四十万ドル稼いだ」

「八月二十八日だな。警官一名死亡、一名負傷。それがどうした?」

「その件の情報を入手したようなんです。カンザスシティーの件で二十一日に四十万ドルを引き受けようか、とホーギーがマローンに尋ねていました」

ブラッドがインターホンを取った。「誰もオフィスに通さないでくれ」

グレッグはメモを見ながら言った。「ホーギーの話では、複数の男がカンザスシティーの仕事をここでするそうです。それに、こうも言いました『だが取引相手は奴らじゃない』奴が言うには——奴の言葉そのままです——『取引相手は奴らから二十一日に金を受け取る予定のシンジケートだ』」

ブラッドが立ち上がる。「強奪か? そしてマローンがそれと取引しようとしているんだな。他には?」

「ありません。ただマローンは一ドルにつき二十五セントを申し出ています。奴らは三十を求めていますが」

ブラッドは考えながら話した。「その強盗を計画している犯罪組織はスパイを潜入させているに違いない――カンザスシティーの連中が我慢できるかどうかを知るために」

「そのようですね」

「二十一日か――まだ少し先だな。このヤマでマローンをしょっぴければいいんだが、法廷に出せるような証拠と一緒に……」

グレッグは頷いた。ブラッドはそれから数分の間、機関銃のようにまくし立てていた。ともかく事実を集めて整理、分析して真相解明の源としたいのだ、と何分も語った。

「マローンの尾行についてはどうだ？」ブラッドが尋ねる。

「中断しています。十四日間で収穫なしです。もう手を引きましょうか」

「そうだな、終わりにしろ」

「エレン・マーシャルという愛人を探ってます。商売女じゃありません」

グレッグがさらに続ける。「このコーキィという娘についてですが――」

ブラッドが割り込む。「おまえの頭の中はお見通しだ。おれたちは十九歳の娘を見殺しにしようとしている――マルモ事件のヤマを守るために」

彼は鋭い視線をグレッグに向けた。「それが何を意味するか、おれだってとっくにわかっている。おれにもいるんだ――十七歳になる娘が」

ブラッドが首を横に振る。「おれたちがしようとしているのは、考えたあげくの賭けだ。サツの仕事に付き物さ。わかるだろう、グレッグ」

本部を存続させるため兵士二百人を犠牲にするという古い軍事戦略だ。司令官は常に決断する。知る知らないにかかわらず、他者の命や幸福を危険に晒すのだ。

ブラッドが机の報告書を手に取る。「これはジャン・ローガンの件で殺人課が作った一覧だ。三人の名前に下線を引いた。これから数日の間、盗聴してくれ――何か出てくるはずだ。それからもうひとつ――この三人と話をしてくれ、盗聴できた時に判別できるように」

グレッグはブラッドのオフィスを出ると、盗聴室に電話するため身元確認課に立ち寄った。ジョージ・ベンソンが電話に出た。「ここでのビッグニュースと言えば、ひとりでいるということくらいだ……」

グレッグはマルモ事件での助手ジョー・パッカーが外の階段を上がってくるのに出会った。

「エレン・マーシャルの尾行を止めたほうがいいかもしれません。無駄骨です」ジョーが言った。

ブラッド自身がためらうまでは、あと一、二日は調査を続けるべきだとグレッグは思っていた。マローンが「マーシュ」と呼ぶその女は、サウスポート一八五四番に小さな売店を開いている。近所の連中が電気代や電話代を払うような類の店だ。女は店とアパートを往復し、昼食にドラッグストアでサラダを買う。

「じゃあまた殺人課の報告会で」ジョーがそう言って立ち去るのをグレッグは頷いて見送った。

パコから新聞を買った。パコの笑顔だけで十セントの価値がある。ハリウッドスター並みの笑顔だ。

グレッグはすばやく紙面をめくり六ページ目に二インチ大の記事を見つけた。警察は十九歳の大学生シャロン・ローガン、通称コーキィを捜索中。姉で不動産会社勤務のジャン・ローガン二十八歳が溺死したのを伝えるため、とのこと。

シャロンが新聞を読んでいても見落とすかもしれないし、そもそも新聞を読むかどうか怪しい、とグレッグは思った。彼自身もそうだが、彼の知るたいていの人は休暇の時には日常を忘れる。

グレッグは車内で報告書を読んだ。下線が引いてある三つの名前に目を留める。不動産屋のウィリアム・ブラー、レスラーのパンサー・ウィルソン、そして科学者のドクター・C・オックスフォード・ジョーンズ。書類によるとブラーがジャン・ローガンの雇い主、ウィルソンとドクター・ジョーンズは友人、とある。他の人物も挙がっており――みな男性だというのは興味深い――中古車ディーラーのエド・アンダーソン、かつてのボーイフレンドで、いまは妹コーキィとつき合っているミック・フォスター二十六歳。彼は材木の切り出し場で働いているらしいが、大学の第四学年の履修を完了させるために、程なく街に戻ってくると思われる。記録によると、彼の大学生活は従軍により五年の空白がある。

グレッグは直線の海岸通りを車で飛ばして、ハンドルの切れの良さやリズミカルなモーター音、馬力に興奮を覚えた。馴染みの不安に取りつかれている――強制された時に全身に広がる妙な衝撃だ。ブラッドや盗聴室や捜査方針、それにマルモ事件があるにしても、コーキィ・ローガンを見つけなくてはならない。

ブラーの不動産店はたやすく見つかった。良く手入れされた、こぢんまりした芝と張り出した梁のある建物がほど良く調和している。ブラーは四十絡みの長身で金髪、肌は日焼けしてサドルレザーのように硬そうだ。腹は出ていない。

ブラーが親切に言う。「どうぞおかけください。ぼくも刑事になりたかったんです。プリンストンを出た後に地区検事になろうとして――でもまずは百万長者になりたかったのでね。結局まだ働いていますが」ブラーは弁解するように笑い、すでに九十万は手に入れたとほのめかした。

グレッグは高価な赤い革張りの椅子に座った。「われわれはジャン・ローガンの妹さんの行方を探していまして――」

ブラーの親切そうな顔が曇った。「まったく、なんてことだ。いまだに信じられない。かわいい娘《こ》ですよ、コーキィは。いや、昨日も警官に話しましたが、行方に心当たりはまったくありませんがね」

ブラーは現実に引き戻されたかのように体を大きく揺らした。

グレッグが頷く。「湖畔の観光地に行ったという情報をつかんでいます。ミス・ローガンから――ジャンのことですが――行く先などを聞いていないかと思いまして」

ブラーはタバコの灰を灰皿に落とし損ねた。「最近は予定通りに進まないことが多すぎますから……いや――だめですね、思い出せない。でもあなたならどんな様子かわかるでしょう――人は好きなことを言う割には、今回のような事故が起こるまで深刻さがわからない」

ブラーはぼんやりとこぼれた灰を払った。彼の黒いシャツと小さなピンクのタツノオトシゴ柄の黒いネクタイ、グレーのカジュアルジャケットにグレッグは目をやった。

「事故を耳にした時はショックでしたよ。だってこの店を切り盛りしていたのはジャンでしたから」

ブラーは窓の外に頷いてみせた。「ご覧いただけますか？　まるで年配女性のために家を扱っているようでしょう？　子育てを終えた彼女たちは時間を持て余しているんですよ、でどうなると思います？　そういえば不動産屋がいた、と皆が思うのです」

彼は神経質そうにタバコを吹かした。「ジャンは優秀でした。当店のアパートを扱っていました。誰が入居しても大丈夫でした、彼女は対処法がわかっていましたから。年配の男性、若い男性、おばあさん――うまく接していました」

ブラーは顔を少し横に上げた。「彼女の営業成績は良かったです。野心家で——それをわたしは気に入っていました。エジプトのミイラ制作者全員とジャンを交換しろと言われても断りますよ」

グレッグは頷いた。「今回の溺死事故では自殺の可能性も捨てられません」

ブラーは首を横に振った。「合点がいきません。彼女は金に困ってはいませんでしたよ、その線を疑っているなら言いますが。ここでは高給取りでした。先週には、マニングにある四室の小規模な物件の契約をまとめました。購入者はパンサー・ウィルソン。あのレスラーですよ」

グレッグが立ち去ろうとした時、ブラーはざらついた声で言った。「ジャンほど優秀な人材はいません。コーキィに事故を伝えるのは実に忍びない。もし居所がわかったら、彼女のためにジャンが書いた小切手を持っていると伝えてください——四百八十ドルです。きっとコーキィには必要でしょうから」

グレッグはドア口でさりげなく話題にした。「確かローガン姉妹はスキンダイビングをしていたはずですが」

「ええ、その通りです」だがそれ以上ブラーは何も言わなかった。

車に戻ったグレッグは一覧表に目を走らせた。ブラーに前科はない。彼の信用度は明白で、二度破産を申し立てている……。

ローガン姉妹の住むアパートに近づいた時、赤い機体の飛行機が夕日を受けて輝くのが見えた。一時間もすればシンシアがボウリングに行く。そう思うと彼はたまらなく彼女が恋しかった。彼女がボーイッシュな身体を低く折り曲げてボールをレーンに投じる姿や、振り向いて彼の方に戻ってくる時の嬉しそうな笑顔を見たかった。

グレッグはまず姉妹の部屋の郵便受けを見たが、何もなかった。次に管理人の部屋をノックしてしばらく待っているとドアの開く音がした。出てきた男性はほくそ笑んでいた。

「ジュリアを探しているなら〈マック〉にいるよ」男性がきつい口調で言い、店の方向に親指を向けた。

〈マック〉は清潔で洗練されたバーだ。客の頭上に設置されたテレビで古い映画が流れ、気乗りしない様子で弾いているピアノマンは映画の銃声にまったく動揺しない。グラスを手にした客がひしめき合っているが、ジュリア・バンカーはひとりで豪華な仕切り席に座っていた。

「奢らせてくれませんか？」グレッグは言いながら彼女の向かいの席に座った。

「いいわよ——ここに座ってくれるなら」彼は彼女の隣に移った。白亜色の肌を際立たせる細身の黒いカクテルドレスだ。香水とバスパウダーが強く漂ってくる。

グレッグはバーテンダーを身振りで呼んだ。「まだコーキィを探しているんです」彼が言うと、彼女は近寄ってきた。

「彼女なら大丈夫よ」カクテルグラス越しにつぶやく。

「今日何か聞きませんでしたか？」

ジュリアは何も考えていないように首をゆっくりと横に振った。「あんたたちがあの娘《こ》を探してるってことは、誰かが殺されたのね」

グレッグは少し笑った。

「コーキィは大丈夫」彼女は言った。オリーブの刺さった楊枝を弄んでいる。

「可哀そうなオリーブ」そっと嘆く。

「ジャンはそうじゃないんですか？」グレッグが尋ねる。

「そうじゃないって何が？」

「ジャンは大丈夫じゃないんですか？」

「可哀そうなオリーブ」彼女は繰り返すと楊枝を突き通した。

「わたしには、ああするしかなかったわ――彼を悲惨な状態から救い出すために」

　彼女が震えているのがグレッグにはわかった。

「ジャンについて知りたいのね、いいわ、彼女について話しましょう。彼女はパーティーガールだったの。それが何だかわかる？」

　ジュリアはからかうように彼を見た。「説明するわね。あの娘《こ》は二十一歳の時はずいぶん遊んでいた。男たちは皆そう言うわ。でも二十六歳になった時、どうしたと思う？」

　グレッグは何とか耳を傾けた。ピアノマンが「フィンガルの洞窟」を弾き始めると同時に、映画では馬の蹄の音が耳をつんざくような大音量になっていた。

「すっかり足を洗ったのよ。普通の生活に戻ったわ。何もかも抱えて。違う言い方をすれば、ジャンは世を儚んでいたの。結婚願望があったのに、つき合ってくれと誰からも言われなかった。誰からも。わたしにはわかるわ。だってパーティーガールだったから」

　ジュリアは少し涙を流している。「あなた素敵ね。脇に抱えて家に連れて帰りたいくらい」

「ひとつ訊いていいですか」グレッグは言った。

「わたしと結婚したいの？」

「ジャンはよくサンディービーチに泳ぎに行っていましたか？」

「わたしと結婚したくないの？」

「今晩はやめておきます。ジャンはどうでした？」

「教えてあげるわ――わたしと結婚したくなくってもね。泳ぎに行っていたわよ、ええ。仕事から帰ると家で水着に着替えてビーチまで歩いて行っていたわ」

「彼女の水着で？」

「そうよ、当たり前でしょ？」

なるほど、彼女の衣服が見つからなかった訳がわかった。普通サンディービーチでは女性は海の家で着替えるか、水着の上にゆったりしたブラウスとスカートを着てきて、浜辺に置いている。

グレッグが立ち去ろうとすると、ジュリアが腕を絡ませて力を込めてきた。彼女の引き締まった体が押し付けられるのを感じた。

第七章

グレッグは殺人課の会議に五分遅刻した。ブラッドがドア口で気を揉んでいた。何も言わないものの、目が訴えていた。

大勢の刑事が椅子に手足を伸ばして座り、あぶれた者は壁に寄り掛かったり窓枠に腰を載せたりしている。部屋自体は浮浪者並みに惨めな有様だ。床は割れ、天井はしっくいが剝げている。

ブラッドが会を招集したのは、マルモ事件で署員に十分な指示を与えたかったからだ。立ち歩き話をしていたのが、号令がかかったかのように止む。グレッグはマルモ事件の詳細を特に受け持った第一人者としてブラッドから皆に紹介された。

グレッグの声は始め硬かった。「われわれの第一の対象であるハリー・マローンは、ブリッジ通り一二八番地で海外商品取引を指揮している。彼はダンやブラッドストリートと共に高く評価され、正当性と健全性で素晴らしい評判を得ている。彼の人相を覚えてもらえるよう、これから少し映像を見せる」

サイレン音がしたのでグレッグはいったん止め、それから続けた。「ハリー・マローンは全米で盗まれた金の三、四割を扱っているとわれわれは踏んでいる。密告者から集めた情報から、そう確信している」――実は盗聴部屋からの情報だ、と署員も薄々知っていた――「マローンは決して金に手を染めない。完全犯罪と言える手腕だ。ホーギーという名で知られている人物が、実際に取引をして金を扱い、処理する」

ブラッドが割って入った。「すまんがエヴァンズ、ホーギーの正体が明らかになっても逮捕するつもりはない、ということを、ここで言っておきたいんだ――マローンの尻尾をつかむまでは。その理由はわかるだろう。マローンは他の人物を雇うかもしれないからだ。わかるな？」

ブラッドはグレッグに向き直った。「エヴァンズ、続けてくれ」

グレッグは口を開いた。「金を扱うためあらかじめホーギーは誘拐犯や強盗、恐喝犯を手配している。ついでに言えば、これらのケースでは、ブリンクス強盗事件（1950年ボストンの警備輸送会社ブリンクスで起きた）のように、金を片付けるために前もって実行犯が手配される。もし捕まっても、不利にならないよう、用意周到なのだ」

古ぼけた教室のような黒板がかかっている、向かい側の壁の方にグレッグは歩いて行った。黒板の左端から右に向かって書く。

「今はここセントルイスにいる。――ブラット事件の圏内だ」

彼は言い、すでにチョークで書いてあった図を指した。「誘拐犯が、十万ドルの身代金を受け取ってから子供を棍棒で殴殺したのを覚えているだろう。ホーギーがこの身代金を買ったのを、われわれはつかんだ――それに金をきれいにするために二万ドル支払ったことも。もちろん彼は資金洗浄を単独で行ない、それ自体は犯罪とは無縁だ。

密告者によると、マローンはその二万ドルを売りに出した。ホーギー自身か配達人が盗んだ金四万ドルをメキシコシティーの証券ブローカーに運ぶらしい」

グレッグはメキシコシティーに線を引いた。「他の六万ドルがどうなったかわからないし、四万ドルについてどうやって知ったかは、じきに報告する。

不動産ブローカーは隠れみのだ。何しろ迅速に処理するのを目的に、共謀者たちによって建てられたのだから。さらに驚くのは、メキシコシティーの証券ブローカーに、四万ドル相当の価値の米を買うと、ブラジルでマローンが堂々と注文していることだ。マローンは四万ドルの銀行為替手形をメキシコの証券ブローカーに送っている――だが当然、彼らは盗んだ金四万ドルをすでに受け取っているのだから、何らかの方法でホーギーに総額返金した。彼の手形は記録として残っているだけだ。

さて、メキシコのブローカーが運び屋を使って盗んだ金四万ドルをリオ・デ・ジャネイロに移し、米の代金として現金で払った。米は今マローンのものだ。ずいぶんと辿ったものだな」

ここで忍び笑いが漏れ、緊張が解けて一同は気が楽になった。ブラッドまで頰を緩めている。

グレッグは続けた。「購入金額が直接送られたマニラのブローカー経由で、マローンはフィリピン米を売った」

部屋の後方にいる者が発言した。「でもマローンが実名を使うようになってからは――」

「いや――マローンは危険を回避している。彼を尋問したらメキシコシティーで注文したと認めるだろうよ、世界中のブローカーに注文したように。まともな金で支払ったと証明するために銀行為替手形を書くはずだ」

グレッグは黒板から離れた。「われわれが四万ドルについて知っているのは、ニューヨークのチェイス・ナショナル・バンクで、その金がたまたま洞察力の鋭い窓口係の目に留まったからだ。金はリオからメキシコシティーにさかのぼる。メキシコでは、証券ブローカーがすでに撤退したのを現地当局が確認している。

これは単純な事件だった——そしてこれからもそうだ。もう一件、香港を発端とするヤマがあり、マローンは十七のブローカーを使っている。その内の十六は合法だ」

その頃になると室内は吸殻の臭いがこもりだし、何人かは足をもぞもぞ動かし始めた。殺人事件ならわかりやすいが、この事件は違う。皆が同じ考えだった。法廷で受け入れられる証拠を集められるのか?

ある署員が声をあげた。「ホーギーの正体を突き止めたら、マローンと名乗るかもしれないぞ」

グレッグは答えた。「それは単なる犯人の戯言《ざれごと》だ。ザ・ロウのトップレベルの資本家は格が違う」

彼が盗聴室に行くとジョージ・ベンソンが清掃《ポリシング・アップ》していた。グレッグはオールド66の傍受記録に目を留めた。ジョージが言う。「それはたいしたことない。ホーギーが七時頃に折り返し電話する」

テック11ではふたりの婦人が話し始めた。「あの女性《ひと》が蛛形類《しゅけいるい》を踏んだから、わたし叫んだのよ」

ひとりが言う。

「何を踏んだんですって?」

「もうクモなんて呼べないわ。何て素晴らしい小動物か、あの本で読んじゃうと」

ふたりがお喋りしている間、ジョージは呻いていた。「ここに座っていると、気が変になりそうだ」

あの小児麻痺《ポリオ》になったジョーンが鉄の肺（小児麻痺患者などに使う鉄製呼吸補助装置）を装着した、と彼が教えてくれた。「ドクターによると、回復するわずかな可能性はあるそうだ」

グレッグは心が軽くなった。あの子が快方に向かってくれれば……。

彼が顔をそむけるとジョージが言った。「こんな記事を読んだ——電子脅迫についてだ」

雑誌を手渡されたグレッグは、ざっと目を通した。「……盗聴はプライバシーを侵害する更なる段階とみなされる……一九三七年に司法省のオーエン・ロバーツはこのような『手段は倫理基準を矛盾させ、個人の自由を破壊させる』……盗聴による治安担当官からの危険は、犯罪者からの危険とさほど変わらない、と多くの人が考えている」

「うちらの盗聴器は怪物だってさ」ジョージが続ける。「回りくどい点もあるが、それでも……」

グレッグは雑誌を返した。「おまえの気持ちはわかるよ」

「本当か？」ジョージが驚く。

グレッグは微笑んだ。「おれたちは盗聴室にうってつけってことだ」

ジョージが笑った。

グレッグは自分のデスクに座って日中にタイプされた傍受記録に目を通しながら、心は落ち着かなかった。電子脅迫──盗聴、移動可能なテレビの〝目〟の発展が、家にいる人を監視する。ハーフミラーでマローンの愛人エレン・マーシャルを〝覗く〟のを助ける──これらの技術発展がどの警察の業務でも当たり前になってきている。

「……個人の自由を破壊させる」と司法省のロバーツは書いた。

ブラッドなら言うだろう、グレッグは馬鹿だ、そんなことは大卒の考えそうなことだ、と。確かに彼は馬鹿なのかもしれない。夜な夜な盗聴室に座って盗聴器の話を聞く。悪事で稼いでいる輩を捕まえるために監視しているのだ。電話を聞いているのは確かにプライバシーの侵害だ。誘拐犯が幼い娘を絞め殺そうとしたり、強盗が脅迫を実行したりするのを阻止するためだと、まともな市民は本気で理解してくれるだろうか。だが、ときどき〝電子脅迫〟に侵入されてこそ、日常生活が安泰なのではないか？

それでも、グレッグは落ち着かなかった――大切なものを盗んでいるような盗聴室の雰囲気に煩わされた。錠のかかったドア、板で覆われた窓、署内でも極秘の潜伏活動をマクタミッシュや他の記者が見つけるのではないかと終始、生きた心地がしない。極悪非道な仕事に関わっているかのようだ。

グレッグはその考えを振るい落とした。書類の山を手に取り、テック19の傍受記録に特別と付箋が張ってあるにの目が留まった。ほんの数時間前に盗聴したもので、ジャン・ローガンの雇い主の不動産屋ウィリアム・ブラーのものだった。「五ページを参照のこと」とのメモがある。

グレッグがページをめくっていると、会話が目に飛び込んできたので、改めて会話の最初に戻って、さらに慎重に読んだ。

テープ二六七――テック19――午後四時五七分

（女性の声）「もしもし」

（男性の声）「やあ、クラリッサ。相変わらずゴージャスかい？」

「まあ、ビルね！」

「ルーディはいるかい？」

「……ルーディ、ウィリアム・ブラーから電話よ――今、来るわ、ビル」

（一時無音）「やあ、ビル。元気か？」

「ああ、元気さ。おまえは？」

「ああ――ぼちぼちだ」

「新聞を見たか？」

「ふむ」

「奴ら嗅ぎまわっているぞ」

「ふむ」

「警察があの娘の溺死を信じているとは思えない」

「自殺の線ではどうなんだ？」

「さあな。奴らが見つけた時には娘は見るも無残な状態だったから——どうだか……」

「あれ、娘はいい女だっただろう、ビル」

「そりゃあんたが娘と飲んだだけだからさ。娘がどう始末されたか、わかんねえだろう」

「まあ、若かったな——早死にだ。なあ、明日ランチはどうだ？　同じ場所で」

「オーケー」

テープ二六七終了。

グレッグは打ちのめされてしばらく座ったままだった。ウィリアム・ブラーの言葉がまだ耳に残っている。「ジャンほど優秀な人材はいません」

刑事について話し、意見を交わす……その人物は生きている内は、知っていることすべてを話すが、死んでしまえば人は共謀する、あたかも沈黙がペテロの事実を守るように。

一一時少し前にグレッグは盗聴室にふらりと顔を出した。コオロギのような音がするだけだ。機械は交替で作動している。夜のこの時間帯は静かで、午前九時になるまで盛況にはならない。それから昼までときどき噂話が交わされ、午後四時頃までシエスタとなり、その後は大賑わいになる。

通話が始まったのは午後一一時八分、ホーギーが交換士にせわしなく電話番号を伝える。そういう調子で電話する者にはグレッグはある推測ができた。ホーギーは気短で繊細な人物で、状況を分析するより、自分で動くのを好む。

すぐに電話に出たマローンは覇気がない。

ホーギーが言う。「取引は今夜になった。二五時に」背後で車のクラクションや雑踏の音が聞こえる。公衆電話から電話しているようだ。

「受け渡し日はどうなった？」

「同じだ――二十一日――真夜中に。奴らは同じ日に回収する。ザンプに言わせると一一時頃らしい。順調にいっているという話だ」

「何て名だって？」

「ザンプさ。知ってるだろう、ブリッツ。シカゴの時のバーストウの仕事にいた奴だ」

しばらく会話が途絶える。「聞き覚えはあるが、顔と名前が一致しない。まあ、大したことじゃない。他はどうだ？」

ホーギーはためらった。「進展はない」

「今回は予感がするんだ。何故だかわからんが――おれには予知能力があるからな。おまえも後で思い出すだろうよ――」

「わかってるよ、ブリッツ。思い出すさ。だが奴らがしょっ引かれたらガス室行きだ。そうなったらどう言い逃れるってんだ？」

再び長く会話が途切れた。「なるほど。奴らの足取りを遅らせるのはどうだ？」

「言うほど簡単じゃない。奴らは事故に――もしくは自殺に見せかけようとしている。あの娘は女友達と一緒で、奴らはあの娘だけをつかまえるのが難しいんだ」

「いいか、よく聞け」

「ああ、ブリッツ」

「おまえはこの件から抜けろ。わかったか、ホーギー」

「わかったよ、ブリッツ。心配無用さ。ちんけな殺しに首を突っ込んで計画を台無しにしたくないからな……ところでお袋さんの様子はどうだい？」

「具合が良くなったら、夜遊びに興じるだろうよ」

「それとマーシュは？」

「あいにく少しお喋りだが、それ以外はオーケーだ」

ホーギーが笑う。「今ごろ喋っているころだ」

マローンが慌てて言う。「また電話をくれ――情報が入り次第、いいか？」

「もちろんさ、ブリッツ」受話器が置かれた。

通話記録に目を通したジョージが尋ねる。「マーシュって誰だ？」

「マローンの愛人さ――ノミ屋時代からの。名前はエレン・マーシャル。以前は彼の速記者だった」

グレッグは殺人課に籍を置いて、日々が成果なしに終わるのを学んだ。コーキィ・ローガンの居場所を思いつかないし、そもそもジャンが殺害された理由がわからない。

片端から尾行できたら良いのに、とも考えたが、安月給のせいで辞める者が多く、署内での人手は二割減だ。明日に欠員が埋まっても、二百万の市民には十分な人員ではない。

グレッグは興奮しすぎて集中できなかった。頭に浮かぶのは、シンシアのような娘が、ゆっくりと泳いだり、冷たい入り江でのんびりしたり、空までそびえる木々に囲まれた森をハイキングする姿だ。ひとりになったとたんに命が脅かされるなどとは、彼女は露ほども思っていない。

グレッグが真夜中過ぎに帰宅すると、シンシアが彼の家の上がり段に座っていた。緑のボウリングパンツとあつらえたような黄色のシャツを着たままだ。彼は車を降りながら嬉しさがこみ上げるのを感じた。母親が他界してから彼の話し相手はシンシアだ――彼女のおかげで頑なにならずに済んでいる。サツの商売には偏屈はつきもので、知らないうちに手の施しようのない状態になり、四十になって気づいた時には人間不信の塊になっている。シンシアは静かに上がり段に座っている。街灯が彼女の瞳を輝かせる。彼の一日の話に耳を傾け、ささくれ立った心を宥める絶妙な言葉を発する。

彼が歩道に来るとシンシアは立ち上がった。「あなたとミスター・アダムは常に予断を許さない状態ね」

それを聞いたミスター・アダムが鳴きながら角から現れた。

第八章

湖の上の空には星が輝いているが、鬱蒼とした暗い松林にいる男の姿はかろうじて人影とわかる程度だった。ふかふかになっている松葉の上のアオカケスの羽同様、男の足取りも止まることはない。

ふたりの若い女性がロッジのダイニングルームの窓際に座っていて、後ろからの照明でシルエットになっているのが男には見える。窓から漏れる灯りの下に行けば、彼女たちの会話が聞こえるはずだ。男は何度かそう思ったが、その場にいた。

己の考えに圧倒され、男は拳を握った。この場にある理由とこの立場にいる理由を自問する。あたかも街のちんぴらであるかのように夜の闇の中で立ち尽くして、若い女性をつけ回している。これもことの成り行きだ、ちくしょう、そう言うしかない。運が尽きたらどうなるか、わかったものではない。男はタイミング悪く煙草が吸いたくなった。空腹で疲れ切っている。

男の怒りの矛先はコーキィに向けられた。男の苦境は元はと言えば彼女のせいだ。まったく、女友達にヒルのようにくっついて離れないつもりか？

二日前は話が単純だった。それについて考えても夜には眠れた。たやすいはずだった。事故に見せればよい、ジャンの時のように。それが今となっては簡単ではない。なぜなら邪魔な連れがいるからだ。いつも何かしら起こる。日に何人も事故死しているが、人がひとつ計画しようとすると、次から次へと複雑になる。銃にせよ他の道具にせよ、使うのはとても単純なのに。

彼女たちはテーブルを後にした。男はレジが見えるように数フィート近づいた。彼女たちは再び視界から消えてから正面玄関を通り、年季の入った板張りの通路を軋ませて歩いてゆく。彼女たちは一度足を止め、何か言い合っていた。低木に隠れているスポットライトが彼女たちを照らす。ふたりともジーンズ姿で、シャツの裾を出している。コーキィが頭をそらし、短い髪がたてがみのように揺れた。彼女は整った顔立ちだ、と男は思った。そしてそんなことは無関係だ、と思い直した。些細な迷いが腕を鈍らせる。

彼女たちが道を横切って桟橋に向かうまで男は待った。真暗闇で彼女たちを見失ったが、それでも待ち続けていると、はだか電球のついた桟橋を彼女たちは散歩していた。男は勢いよく道路を横切り、湖畔で丸太を見つけて座った。コーキィたちが紡錘《つむ》のような通路を歩く様子を観察する。辺りは静かで寂れていて、ペンキを塗ったばかりのボートがバレエのような優美さで上下に揺れている。湖の他もひっそりとして、夜の静けさを妨げるボートの小型エンジンの小刻みな音もしない。

コーキィひとりなら、男はすぐにでも桟橋に近づくところだ。さりげなく彼女に話しかけ、頭部を軽く殴打して——強くてはだめだ、彼女が湖に落ちた時にぶつけたと思われるように——意識がふらふらしたところで湖に落とす。

だがそれでは、ジャンを始末した時とあまりにも似すぎているかもしれない。彼女が入り江をひとりで泳いでいる時に、その上をモーターボートで進むほうが良いだろう。そうすればモーターに引っかかって彼女は息絶える。先週スーザン湖でそういう事故があったばかりだ。操舵手は被害女性に気づかなかった。モーターボートが女性を引きずって死に至らしめ、回転するスクリューで脚を切断した。

同じような状況になるはずだ。そうなれば話が簡単で言い訳もしやすい。もちろん実行は日が落ちてからの方が良い。そうすれば男はモーターボートで逃走できる。それにはたくさんの〈もしも〉が必要だ——もしも彼女がひとりで、もしも夕暮れで、もしも男がそばにいたら。日の高い内は潜んでいられない。誰かに顔を見られるかもしれない。それに、男を見かけた人に不審な目で見られないよう、人の出入りの多い場所にいなければならない。

コーキィたちは桟橋の向こうで足をぶらぶら揺らしながら座っている。男は次第に落ち着いてきた。ジャンを始末する時、実にうまくいったのを思い出したからだ。あんなに手際よくできるとは自分でも夢にも思わなかった。誰かに自慢したいくらいだった、男がどのように華麗に殺人を成し遂げたかを。

振り返って見ると、かなり前に聞いたジャンの言葉が発端になっていたと男は気づいた。彼女はときどき考えごとをするために海に行くと言っていた。男は三日間ほど、夜に彼女のアパートのそばに車を停めて、彼女が海に行く機会を窺った。そして海辺に腹ばいになって砂にまみれながら、他の海水浴客に紛れて彼女を監視した。一時間ほど経ってやっとジャンは立ち上がり、岩場へ向かった。まさにおあつらえ向きのタイミングだった。夕暮れが迫り——午後八時ごろだ——スキンダイビングを楽しむ他の連中は、すでに引き上げていて海岸は閑散としていた。ジャンが水中メガネとスノーケルを付けた時、男は海に向かった。

岩場に近づいて男は海に入ると、息ができる程度に顔を出してジャンを探した。彼女はちょうど男の下にいて、数インチ潜って海底を観察していた。男は彼女の背後で思い切り息を吸い、海に潜った。

彼女の両足首を捕まえて引っ張る。ジャンは激しくもがいた。女性がこれほど脚に力が入るとは知らなかった。手を離しそうになりながら、男は息継ぎをするため一、二度海面から顔を出した。彼女の脚が動かなくなってから、浜辺に引っ張っていった。彼女が鮫の餌食になるのは耐えられない。彼女の体がぎりぎり隠れる波打ち際まで移すと、男は海岸線の、ちょうど足跡が波に消されるところを歩き、しばらくして遊歩道に辿りついた。

ジャンの時にあれほど手際よくできたのなら、彼女の妹の時もうまくゆくはずだ。ジャンの時より、もっと時機を待てばよいのだ。

第九章

翌日グレッグは早朝に目が覚めた。窓から見える、夜明けの気配を漂わせる灰色の世界に目をやりながら横たわったまま物思いにふける。今度時間があったら部屋を何とかしなくては。壁の一面を埋め尽くしている棚の、大量のレコードを減らさなければならない。グレン・ミラーとベニー・グッドマンは残そう。それに角にひっかけている日本国旗——妻や子供がいたか、少なくとも恋人がいたであろう、死んだ日本兵から奪ったその代物は、当の昔に焼き捨てたいくらいだった。旗を取ったその日から気に入ってはいなかったが、何分、仕方がなかった。銀製のバスケットボールも取っておくつもりだ。地元のトーナメントでチップイン（リバウンドのボールを指先で触れて入れるゴール）を決めて優勝した時にもらったものだ。だがチェストの上に散らかっていたはずの大学時代の本はどこかに紛れ込んでしまったようだ。確かテニソン（英国の詩人）の詩「ユリシーズ」にお気に入りのフレーズがあった……。〝新しい世界を求めるのに遅すぎることはない……私の目標は日の沈むかなたへ行くことだ、西空のすべての星が輝くかなたへ……努力し、求め、探し求めて、挫けずに〟

　グレッグはゆっくり着替えながら、昨夜戻ってこなかったミスター・アダムを心配した。それからボタンホールがほつれているのに気づき、シンシアが繕ってくれるか思案した。そしてポケットに身分証が入っているか軽く叩いて確かめ、ファスナーが上がっているのを確認してから髭を剃り、トーストを作った。

グレッグは盗聴室の自分のオフィスで、殺人課からの調査報告書に再び目を通し、ジャン・ローガンと関わりのあった人物十九名の名前をリストアップした。受話器を取り、各々に電話する。

グレッグは言った。「ミラー紙の記者です。実は市民の有力者やビジネスマンからお話を伺っていまして。中国問題についてご意見をお聞かせ願いたいのですが」

当然ながら彼らの意見などどうでもよい。彼らの声を録音したいのだ。相手が話している間にときおり質問を投げかけ、その間テープを回して会話を録音した。

彼らの声には好奇心をそそられた。グレッグはじっと座って目を閉じて耳を澄ませ、彼らが何気なく発する言葉に意味を読み取ろうとした。他の言語を聞くかのように、音にだけ注意する。ジャンの知り合いだったレスラーのパンサー・ウィルソンは、インタビュー慣れしていて口が達者だった。ジャンとデートしたことがある科学者のドクター・C・オックスフォード・ジョーンズは、ためらいがちに一言一言発したが、途切れ途切れでも彼の声はリズミカルで女性的な柔らかさがあった。ジャンと同じアパートに住んでいる保険マンのダン・ロールストンは、ひどくまくし立てた。そして報告書によるとホテルのバーでジャンと会っていたという、中古車ディーラーの男は、そっけなく吐き出すように答えた。

グレッグはどの声もホーギーだと確信できなかった。もちろん、この内のひとりはそのはずなのだ。もっとも、電話から直接聞こえる声は、盗聴器の再生の声とは異なる音質になる。特にオールド66は甲高い音がする。

一度、彼宛に電話が来て邪魔された。「OWをセットしました」マルモ事件の彼の補佐役のジョーからだ。「見に来てくれませんか?」

「鑑識に寄ってから行くよ」グレッグは答えた。

ＯＷというのはマジックミラー《ワンウェイ》のことだ。隣接する部屋からマローンの愛人エレン・マーシャルの部屋を、本人に知られることなく観察できる。彼女の暖炉の上の長方形の鏡を、彼女の外出中にマジックミラーに付け替えた。彼女の側からはいままで通りの鏡だが、隣の部屋からはガラス窓に見える。警察は徐々にハリー・マローンに近づいている。彼の言動すべてから捜査を進め、盗聴室から始まり数々の調査を経て、マジックミラーまで辿りついた。

　グレッグが盗聴室を通り過ぎようとした時、つぶやきが聞こえて来た。一台の盗聴器からだ「……ほら、言ったでしょう、知らない内に太ってるって。ある日スカートを着ようとして急に気づくのよ……」

　ジョージ・ベンソンは回転椅子で手足を伸ばしていた。「正直言って、女便所に隠れているような気になる時があるよ」

　グレッグは床にグラスの破片があるのに気づいた。ジョージが笑う。「テック3じゃ、女房が旦那をダウンタウンに呼びつけていたよ。旦那は気に食わないだろうな」

　ジョージはウォータークーラーの上に破片を適当に置いた。再生器から怒鳴り声が流れたら、その振動でクーラーが揺れて破片が落ちるかもしれない。そんなくだらないことでもなければ、ここの担当は退屈で死ぬだろう。

　音響技師のグレインジャーを呼んでもらいに鑑識に行った。グレッグはその分野でとてつもなく彼を尊敬している。現れた彼は、斜視で髪はくしゃくしゃ、服はしわだらけだ。近視の彼はそばまで来てグレッグだとわかると、目を輝かせた。

「お前さんが録音したのかい？」グレインジャーが尋ねる。

グレッグは頷きながらテープ二巻を手渡した。「録音を照らし合わせたいんだよ、こっちは」――彼は二巻目を軽く叩いた――「ホーギーの通話だ」

グレインジャーは六時間ほどの調査が終わり次第、識別できたら直ちにグレッグに電話をする、と請け合った。


金満家の頽廃的な雰囲気が漂う、古びたチューダー様式のアパートメントにグレッグが入った時、フロント係が尊大な視線を向けてきた。スイート一一〇号室をノックすると、ジョー・パッカーがドアを開けてくれた。

「良い配置だ」ジョーは言い、リビングルームの奥で十六ミリ映写機を取り付けている技師の方に顎いて見せた。技師の隣には、五フィート三インチで痩せぎすの盗聴専門家サンダーズがいる。人が沢山いるリビングルームにいるよりも、屋内の奥深い暗闇にいる方が馴染んでいる。グレッグは彼のファーストネームを聞いたことがない。彼は皆からターマイト《シロアリ》を縮めてターミーと呼ばれている。

例の〝窓〟からリビングルームを見ると、時代遅れの感のある部屋だった。パステルカラーの柔らかそうなカーテンがかかっている壁は、堅苦しいグレーだ。右手のドアの向こうは玄関で、廊下を進むとダイニングルームが、さらに先にはベッドルームが二室ある。

ブラッドからは、マローンとエレン・マーシャルが金の移動について少しでも話したらいつでも映写機を回せと指示されている。恐らくフィルムに一連の話を録画すれば、裁判時に証拠として出せるものになるだろう。そうでなくても、糸口を手に入れられる。

「おあつらえ向きの配置だろう。あいにくコンタクトマイクが役に立たないが。普通なら二フィートの壁を通すんだだが、電気系統の妨害が生じている」ターミーが認める。

「すると、部屋を盗聴しなければならないのか？」グレッグが尋ねる。ターミーは頷いた。

「気が進まないが――」ジョーが話し始め、すぐに口をつぐむ。カメラをいじくり回していたグレッグは振り返って〝窓〟を見る。エレン・マーシャルが玄関からリビングルームに入り、こちらに近づいてきた。署員は屈まねばならないのではないか、という妙な気分になった。まるで彼女もこちらを覗いているようだ。

彼女はとても長身で、とりわけ浅黒い肌であるのを自覚しているようだ。矢のようにまっすぐ立ち、島生まれならではの、自然で艶めかしく長い脚でヒップを揺らす。すっきりしたドライシャンパン色のドレスが、長身ならではの優美さを少しも損なうことなく、オリーブ色の肌や黒髪を際立たせている。

彼女は最終チェックのように部屋に視線を注ぎながら近づいてくる。口元を動かしているところからすると鼻歌を歌っているのだろう。盗聴マイクはまだ設置できていないので、サイレント映画のようだ。

鏡の一フィートほど前で立ち止まり、エレンはまっすぐこちらを見た。グレッグはいつものように、何とも言えない気持ちになった。彼女は入念に鏡を見て、自分の姿に満足したようだった。両腕を上げてまとめ髪を直す。至近距離なので腋の下の剃り跡が見えるくらいだ。

ジョーが無意識に声を潜めて言う。「向こうの幅木の下に盗聴器を仕掛けたらどうだろう。間柱《まばしら》で電線を隠して……」

エレンが屈んで、ストッキングの継ぎ目に沿って確かめるように指で撫でる。それからソファのクッションを叩いてふくらまし、ランプテーブルの表面に埃がついていないか触り、ベッドルームへ戻って行った。

署員たちは〝窓〟から離れた。ジョーに「一一時だな？」と問われてグレッグは頷いた。エレンとマローンがナイトクラブに行っている間に盗聴器を仕掛ける。

そのすぐ後、警察署に戻ったグレッグは、ビル・エーカーズに呼ばれて一階のトンネルのような暗い通路を足早に進んだ。ビルから手渡された電話の伝言メモには、このように書いてある。「イーストキャロル通り一九三五番地在住ミセス・ジェームズ・H・ロバーツより午後一時四三分に電話あり。警察がシャロン・ローガン、通称コーキィの行方を探しているのを新聞で読んだ。紙面でミス・ローガンと行動を共にしている女友達というのは、娘のゲール・ロバーツである。そして娘とシャロンはオーシャン・ビーチに二日滞在して、それからリトル・ベア湖に行く計画を立てていた、と教えてくれた。オーシャン・ビーチにいる娘から絵葉書が届いたとも言っている」

グレッグが読み終わるとビルが口を開いた。「郡保安官事務所に頼んで、リトル・ベア地区が管轄のアロービューの郡保安官代理に連絡を取ってもらおう」

グレッグはメモを返しながら、胸がたぎる思いがした。熱いものがこみ上げる。目についた最初の公衆電話からシンシアに電話をかけた。

彼女は思わせぶりな声で電話に出た。「ミスター・アダムに餌をやったわよ。ご参考までに申し上げますけれどね、ミスター・エヴァンズ、ミスター・アダムはもうあなたの猫とは言えないんじゃないかしら。毛皮もろとも我が家に引っ越してきたんだから」

第十章

白いタートルネックに赤いスカートという、やや壁紙めいたコーディネートのゲールは、混みあったテーブルを通って、はるか向こうのダイニングルームに向かった。コーキィも似たような服で後をついて行く。席に着く前にゲールは一瞬立ち止まり、慣れた眼差しで室内を見まわした。

「どう?」コーキィが尋ねる。

「だめね」ゲールが素っ気なく答える。「それにわたしたちみんな着飾っているから」

彼女はうんざりした様子で腰を降ろした。コーキィは喉元を飾る小さな銀の十字架のネックレスに触れた。ゲールが眉をひそめる。コーキィはいつでも謎めいたジョークを楽しんでいるように見える。

ゲールが言う。「ジーンズ姿の、大きなブラウンの瞳の大学生とはどうなったの? それが知りたくて、わたしは慌ててセーターに着替えて来たのに?」

コーキィが笑う。「あの男《ひと》なら黄色に黒のストライプのドレスを着たブルネットのそばをうろついているわ」

「あの意地悪な人?」

「ゲール、正直言って、あなたってときどき駄目な男を選ぼうとするのね」コーキィは真面目に言った。無意識にだが、アパートの管理人ジュリア・バンカーがジャンについて言っていたのとまさに同じ言葉だった。コーキィはジュリアが嫌いで、その言葉をはなから受け付けなかった。

ドライブ旅行にでかける日の朝のジャンの表情を、まだコーキィは覚えている。行ってきます、と言ってしばらくしてから振り返ると、姉は見送ってくれていた。姉は作り笑いをやめて、硬い表情にうつろな眼差しで立ち尽くしていた。

コーキィはゲールに二セントおまけしてもらい、ほぼ割り勘にした。それから桟橋に散歩に行き、手漕ぎボートを借りた。日がいまにも落ちようとしている。ゲールがボートを押し出して漕ぎ始めると、黄昏の見事な静けさの中に、はるか向こうを進む船のリズミカルなエンジン音が微かに聞こえた。優しく揺れるボートに気持ちが和らぐ。長い間ふたりは無言でいた。湖水を弾くオールの音や、おやすみの挨拶をする鳥のさえずりに聞き入った。

ふたりがついに沈黙を破ったのは、いつもの話題だった。「あの丸太運び屋と本気で合流したいわけ？」ゲールが尋ねる。

「まあね」

「あのミック・フォスターと、どう旅をするつもり？」

「あなたは男性を表面的に見ているのよ。男というものをわかってないわ」

「あなたはわかっているって言うのね」

「聞いてったら。彼は恵まれない生い立ちなの。伯父母に引き取られたけれどほったらかしにされた。真の愛情を注がれた経験がないの。つまり、本当の愛を。だから――頼りないのも、その――愛情を求めているせいよ、だから――」

「しまった、わたし心理学四を取り損ねたわ。あなたは彼を保護すると言うのね？」

「そういうこと」

ゲールは、あごも心も引き締めているコーキィを見つめるしかなかった。コーキィは何に対しても積極的だ。男性とつきあうにせよドレスを選ぶにせよ、迷わないし、ためらわない。ゲールは優しく囁いた。「あらあら！」

「そのうちにわかるわ」意地っ張りなコーキィが再び髪を揺らす。

「死ぬまで無理よ」

コーキィが無言になったのは、言葉よりも雄弁だった。

ゲールはすぐに沈黙に耐えられなくなり、申し訳なさそうに言った。「コーキィ、あなたがミックを好きだと言うなら、わたしも何も言わないわ。それにジャンの言うことなんてわたしは気にしてないの。だって何を言っても説得力がないもの――あんなレスラーとつき合ってるんだから。なんて名前だったかしら？」

「ザ・パンサーよ。ああ、また会いたいな。よく車のワックスがけを手伝ってくれたわ」それに試合のチケットもくれたので、女子大生仲間でファンクラブを結成し「パンサー《パント》に《ウィズ》夢中《パンサー》」というスローガンも作った。もっとも、それを耳にするたびに吐き気がするから酔い止めを飲まなくては、と英国文学の教授はぼやいていたが。

「会いたいって？　最近は来ないの？」

「うん――ドクター・ジョーンズが来るようになったから。ほら、会合で講演した原子物理学者よ」

「ジャンってインテリ好みじゃなかったわよね。だってザ・パンサーみたいなマッチョがそばにいたら――」

「ゲールったら！」

「もしわたしなら、誰かに原子力を熱分解してもらうわ」

物理学者のフルネームはドクター・C・オックスフォード・ジョーンズ。Cが何の略か訊く機会はなかった。恐らくクランシーか何かだろう。でもコーキィがいわゆる〈年上の男性〉とつき合うなら、ドクター・ジョーンズを選んだだろう――原子物理学でもクランシーでも。彼は長身でがっしりしていて、髪は教養の深さを表すように白髪が交じっている。その上ずっと聞いていたくなるような落ち着いた声で、彼に見つめられると、一心に話しかけられている気になる。

「彼の服は絶対ナイロンね」コーキィが言う。

ゲールはうんざりした。「あなたは誰でも良いんでしょ」

そしてふたりは黙った。聞こえていた船のエンジン音がレコードのボリュームを上げるように次第に大きくなる。レース用モーターボートが彼女たちに向かって来る。驚くほど急に夜の帳が下りた湖に、ボートのくっきりと明るい三角形の行路が浮かぶ。

「しょうがない連中ね。もうボートは乗り飽きたわよね？」ゲールが言う。

彼女がボートを旋回させると、モーターボートに乗っている人々がわめきながら手漕ぎボートの横を通り過ぎたので、ボートが揺れた。数人の若い男性が大はしゃぎで手を振っている。「しょうがない連中ね」ゲールが再び言った。

手漕ぎボートを繋いでからロッジに戻った。ゲールは弟のために土産物コーナーでペナント数枚を購入した。支払いをしている時にブルージーンズの大学生がやってきて、ペナントのおかげで話に花が咲いた。数分後にコーキィの元に戻ったゲールは言った。「一緒に乗馬しようと誘われたの。あなたひとりで大丈夫？」

コーキィは微笑んだ。「どうぞご自由に」

ゲールが大学生とでかけてから、コーキィはラウンジで読書をした。に雑誌の小説にすっかり夢中になって、ようやくページから目を離した時には部屋にひとりきりで、一一時過ぎだった。

コーキィは敷地内の道路を歩いてゆき、腕を組んで歩く、初々しい十代のカップルを追い越した。ミックと腕を組み、彼の荒れた唇にキスしたくてたまらない。そんな気にさせる夜だった。ラインストーンを散りばめたように星が降り注ぎ、湖の向こうには光の連なりがリボンとなっている。水際に打ち寄せる波がＢＧＭとなり、ときおり鳥が寝言をつぶやく。

普通の夜なら、この雰囲気にすっかり浸るところだが、気にかかることがあった。あの夜、コーキィが電話の音に驚いて目を覚ますと、ジャンはすでにベッドから出ていた。いつもの姉らしからぬ低い声が聞こえて来た。

「言ったはずよ。もうかけてこないで」

姉は音を立てて受話器を置いた。「どこかの酔っ払いの間違い電話よ」

だがコーキィはその後ずっと寝つけなかった。

車のライトがふたつの目となってはるか向こうから彼女を見つめる。ゆるゆると近づくにつれてそれは大きくなり、彼女と周囲の木々がスポットライトを浴びたようになった。目が眩むのを避けようと視線を逸らすと、車はかなり近い距離まで彼女を照らし続け、それから急に彼女の横を通り過ぎた。そのあまりの速さに、その後に風が巻き起こって彼女に吹きつけた。

そのすぐ後に、何者かが道路の後ろを歩いてきているのにコーキィは気づいた。その人物のタバコが蛍のように光る点に見え、歩く音がした。再び辺りが黒いビロードのように静まり、暗くなった。彼女は道路の端に寄り、歩く速度を緩めた。その人物が追いついた時、彼女は〝男性〟だと勘違いしていたと気づいた。ジーンズ姿の女性だった。

コーキィは馬車の車輪の目印で公道から歩道に入り、小川を渡って森の奥深くにある宿泊小屋に向かった。そこは小屋の区域だが、もう灯りは消えていた。

彼女は小屋のドアを開ける時、中に入るのをためらい、立ったまま耳を澄ませた。中で物音がしたような気がした。だが小川のせせらぎが大きいのだから物音など聞こえるはずがない、と思い直した。それでも懐中電灯を照らしながら、古ぼけたサイドテーブル、継ぎの当たった色褪せたベッドカバーのかかった低いダブルベッド、ぽつんとある背もたれがまっすぐな椅子や、かすかに開いているバスルームのドアの横を通った。

コーキィは部屋の中央にぶら下がっている電灯のひもに一歩近づいた。その瞬間、馴染みのないタバコの臭いがして、背後ですばやく動く音がかすかに聞こえ、ドアが閉まった。振り返ると手首を強く叩かれた。懐中電灯が床に当たってガラスが粉々になって灯りが消える。痛みに悲鳴が喉元までこみ上げたが、何者かに手で口を押さえつけられて声が出せない。彼女の体に腕が回され、彼女の両手を両脇に押しつけ、息ができなくなるほど締めつける。

コーキィは頭をのけ反らせて何者かの手を噛んだ。すると投げ飛ばされ、そばにあったドレッサーもろとも床になぎ倒された。

彼女は叫んだが、あごを殴られて黙った。両手でつかまれ乱暴に立たされ、歯の間に布を突っ込まれて再び腕で締めつけられる。彼女は気絶するのではないかと思った。

ふと人の声が聞こえた……女性の叫び声が聞こえたんじゃないかしら……おれもだ……あら、ベッドに戻ってよ、ジム、動物の鳴き声よ……鳥があんな風に鳴くって聞いたことある……何も聞こえなかった……。

コーキィはドアの方に引きずられた。彼女の体は何者かの体に押しつけられて一体化している。彼女は咳き込み、喘いだ。喉が渇いて焼けるようだ。大きくつまずいた拍子に何者かの腕の力が緩んだ。彼女は両方の拳を振り回したが、またもや腕に締めつけられた。膝蹴りをくらわすと、低いうめき声が聞こえた。

ドアの向こうで声がする。ほら、物音がするよ

コーキィは壁に投げ出された。殴られると思って屈み込む。窓から出てゆく音とドアから入ってくる音がして、灯りの光が目に飛び込んできた。彼女の前には部屋着姿の男性数人と女性ひとり、そして子供が三人立っていた。

第十一章

グレッグはレスラーのパンサー・ウィルソンに話を訊くためにハーバー通り沿いのジムを目指して海岸地区を走り抜けながらも、エレン・マーシャルのアパートに夜仕掛けられる予定の盗聴マイクのことが頭から離れなかった。盗聴作業に伴うとされるトラブルや危険をざっと復習する。予期せず彼女とマローンが帰宅した時に署員へ警告するため、アパートの外で見張っているべきだ。署員はビルの管理人から入手した合鍵で通用門から中に入る可能性もあるから、路地も含めて裏手の見取り図もあったほうがいい。そうすれば、窓から外に目をやった近隣の人たちに見られることもない。任務は暗闇の中で行うべきだ。エレン・マーシャルの留守中にアパートの窓から光が漏れると、不審に思うものがいるかもしれない。

これらの警戒にもかかわらずうまく行かなかったら、署員は私立探偵のふりをして、偽の名前と住所の記された身分証明書を見せることになるだろう。素性がばれても、署ではむろんすべての責任を放棄し、警官にあるまじき行為として停職にする。

警官であるにもかかわらず、内密に、あたかも暗殺者のように〝家宅侵入〟することに、グレッグは悩んだ。そして時には、その状況を深刻に考えて真夜中に目を覚ますこともある。今夜繰り広げられるであろう、危険と隣り合わせの任務を考えるだけで感じる武者震いは、夜の闇をすり抜ける強盗が感じる種類のものに違いない。

おれはとんだ笑い者だ、とグレッグは思った。今夜、彼が仕掛ける盗聴器のおかげで、セントルイスのブラット事件の少年の死や、フェニックスの銀行窓口で女性を吹き飛ばしたショットガン、もしくは十余りの凶悪事件が解決するかもしれない。それに、ブラッドの指示による盗聴作業にとやかく言うつもりはない、彼はたいていの警察署で遵守されている方針——ひどく下品な暴力（殺人、殺人未遂、誘拐、ゆすり、内部抗争、襲撃、レイプの類）に対してのみ許される通信傍受——に従っているだけなのだ。

グレッグはジムのそばに駐車スペースを見つけた。通りを横切りながら、自分が警官というよりは、大物の取り巻きか、取り立て屋、新聞記者や弁護士に見られるのを自覚していた。無頓着で傲慢で好戦的と見られる。もっとも、それは見ている者にもよる。日が暮れるまで待っているような年寄り、もしくは希望に満ちた若者。夜になるとタバコ屋を襲ったり女性を待ち伏せしたりする着飾った悪党やチンピラ。

室内でジュークボックスが鳴り響き、ピンボールが音を立てている。二十フィートほど向こうにジムの入り口表示があった。「本日来客お断り——トレーニング中」

グレッグは表示を無視してドアを開けた。すぐに男に怒鳴られる。「おい、女たらし、どこに行くつもりだ？」

グレッグが身分証を見せると、男はうめくだけだった。

ジムに入ると、大きなマットの上でくんずほぐれつする、肌むき出しの男性たちの熱気を帯びた臭いが鼻を突いた。

「パンサーの居場所はどこですか？」グレッグは競馬新聞を読んでいる男に尋ねた。

「まっすぐ行った二番目の部屋だ」男は目を上げずに答えた。

リングの横を通り過ぎる時、レスラーがこう言っているのが聞こえた。「サンフランシスコでやったように顔面に蹴りを入れてくれ」

グレッグは二番目の部屋のドアをノックして足を踏み入れた。ひどく大柄の男が、台の上でアルコールマッサージを受けている。グレッグは言った。「パンサー・ウィルソンを探しているんですが」

大柄な男が仰向けになった。

「パンサーはおれだ」そう言って顔を上げてグレッグを見た。広い肩幅が台をはみ出しそうだ。四十代後半といったところで、彫りの深い整った顔立ちだ。

「あんたは記者か？」パンサーが興味深そうに尋ねる。

「そうではありません」

グレッグは身分証を見せながら言った。「ふたりだけで話せますか？」

マッサージ師が立ち去ろうとした。

「いてくれよ、ビア樽野郎」パンサーは命じ、さっと起き直った。

「あんた時間を無駄にしてるぜ」そうグレッグに言う。

グレッグは頭に血が昇るのを感じた。「あなたのご友人が溺れました。わたしたちは犠牲者の妹さんの行方を探しています」

パンサーが立ち上がり、パンツをぐいっと引き上げる。「ポリ公と話すのはご免だ」

マッサージ師がパンチドランカーのように神経質に笑った。

グレッグは言った。「いいですか――あなたが警察をどう思おうと構いません。コーキィ・ローガンはどこです?」

パンサーは顔をそむけて厚地のタオルを取った。彼は太鼓腹で、何者かが一発パンチをお見舞いしても痛さに屈み込むはずだ。

「言っただろう」

パンサーは肌を強くこすったので血色が良くなった。「出口を教えてやれ、ビア樽野郎」

グレッグが太った男を目で制する。男はまた笑った。

グレッグはパンサーに向き直った。「おまえはおれが嫌いで、おれはおまえが嫌いだ。話は決まった。で、コーキィ・ローガンはどこだ?」

相手をいら立たせるんじゃなかった、とグレッグは内心思った。刑事は感情をあらわにしては駄目だ――不利になる。それは警察学校で学んだことだった。血の気の多さは押し隠せる、というご大層な演説だった。

グレッグは冷静に言った。「あなたはジャン・ローガンとデートしていた。彼女をレスリングの試合や薄汚いナイトクラブに連れていった。あなたのそばで唯一華やかな存在だっただろう」

パンサーの息が荒くなるのがわかる。「だが、少しでも彼女のことを気にかけているなら言うが――彼女は死んだ、そしてわれわれは彼女の妹を探しているんだ」

パンサーが二インチの〝W〟のモノグラムのシャツのボタンをゆっくりとかける。グレッグは肩をすくめてドアに向かった。「奴はおまえに任せたよ、ビア樽野郎。良くマッサージしてうまく防腐処理してやってくれ」

グレッグはジムを立ち去る頃に何とか我に返った。ときどき彼の気性はこの稼業には激しすぎる。

グレッグは、パンサー・ウィルソンの言動の理由を解明しようとしながら、盗聴室に足を踏み入れた。中の機械の稼働は少し波が引いていたが、それでも賑やかだった。

ジョージ・ベンソンが席を立って近づいてくる。グレッグが来たら起立すべきだと思っている節がある。「小児麻痺のジョーンに対して医者の努力が実を結んでいないようだ。今は昏睡状態だ」ジョージは彼女が自分の娘であるかのように言った。共に働いて半年になるが、グレッグは初めて彼の情の深さを思い知らされた。こういったことで人は打ち解けるものだ。

「参ったな」グレッグは言った。

ジョージが咳払いする。「テック15では、ふたりの少女がそれぞれのボーイフレンドについて話しこんでいる。おれがタイプして〝卑猥〟とゴム印を押しておいたよ」

彼は続けた。「オールド66はがなり立てるのを止めた。たいした内容じゃない。再生しようか?」

彼はもうひとつの機械にテープをセットした。ホーギーとマローンの会話を聞く。ひどい転び方をしたというマローンの母親の話に始まった。マローンは憔悴しており、グレッグが初めて聞くような細い物憂げな声をしている。こんな声の時は家にいたくないものだ、とグレッグは思った。

ジョージが言った。「ここからだ」

マローンの声が聞こえる。「取引について聞いたか?」

「ザンプの話じゃ準備万端だ。逐一知らせてくれることになっている」

「よし。いつもの場所に金を運んでくれるよう、銀行に頼んでおこう」

そして再びマローンの母親の話題に戻った。グレッグは暗い気分でオフィスに帰った。彼らはコーキィ・ローガンについて話さなかった。もしオールド66が手がかりをつかんだら……。マルモの詳しい情報もザンプを特定するに至らなかった。ＦＢＩからは、ワシントンでの犯罪者名簿から犯人を割り出すよう要求されていた。奇妙な名前なので、何か浮かんでくるかもしれない。

グレッグは殺人課に電話するのが数分遅れた。連絡を取った時には、コーキィ・ローガンと友人ゲール・ロバーツはすでにリトルベア・ロッジをチェックアウトしたとわかった。アロービューの郡保安官代理は、彼女たちを見つけ損ねただけでなく、今後も望み薄だった。彼の管轄には三十七のリゾート施設があり、一万人もの観光客が押し寄せている。施設のいくつかは〝家族向け〟タイプで、宿泊客の登録が不要だそうだ。

グレッグは座って考えこみ、恐らく関連があるであろう、マルモ事件とジャン・ローガン事件双方の手がかりを書き留め、どちらの捜査を優先させるべきか思案した。警察の仕事ではよくあることだ。捜査すべき四十の手がかりがあり、その四十の手がかりをすべて確認するために数週間を要する。見込みのあると思われる手がかりに絞り、有効なものが三十一だとすると、何故警察は最初から絞り込まないのかと、文句を言われるのだ。しかし、これらを調べる作業は油井《ゆせい》を掘るようなものだ。人は原油に突き当たるまで、何度も穴を掘る。そして時には突き当たらないこともある。

その時、肘の横にある電話が鳴り、グレッグは驚いた。音響技師のグレインジャーからだった。

「身元確認の可能性をつかんだので連絡した。ホーギーの正体がわかったと思う。こっちに来てくれるか？」

オフィスに行くとグレインジャーは嬉しそうだった。こぢんまりした彼のオフィスにプロジェクターを二台横並びに設置している。

「ここに座ってくれ」彼は言いながらデスクの奥の椅子を示した。

「これは興味深かった――実に興味深かった。敢えて細かく説明しないよ、きみが結論だけ知りたがっているのを知っているから。こう言っておこうか――音というのはきみも知っているだろうが、耳に当たる空気の振動に過ぎない。そして映像に音を乗せる時には、これらの空気振動をうまく電子振動に変換して、フィルムのさまざまな光の帯域に合わせていればよい」

グレインジャーは頭上の灯りを消した。「だからぼくはこれらの声を画像として映すつもりだ――音としてではなく。きみには何も聞こえない。ぼくが――言わば――音を映像にしたのがこれだ」

彼はプロジェクターに映像を写し始めた。一フィートほどの幅の滝が白い表面に写る。

「ぼくはドクター・C・オックスフォード・ジョーンズと書いてあるテープを選んだ。きみに気に留めておいてほしいのは、影にはっきり山と谷の規則的なパターンがあるということだ。つまり彼が過度に声を上げず、滑らかに話しているのを示唆している。ぼくたちはこういうのを高原型、もしくは飛行機型スピーチと呼んでいる」

フィルムは一分ほどで終わった。グレインジャーはテープを巻き戻すため装置に触れながら説明を続けた。「どんな人の話し方にも谷や山がある。平坦に話す人はいない――意図的にそうしようとしても恐らく無理だ」

グレインジャーの話が横道にそれる。「これはどうなっているんだ？　まったく機械がうまく動いた試しがない」

グレッグは巻き戻しスイッチを見つけて押した。「つまり、ドクター・ジョーンズはホーギーじゃないということだ」

「その可能性はない——まったく。だがホーギーはここにいる」

グレッグに手伝ってもらいながらグレインジャーはテープをセットした。その画像が先ほどと異なっているのは、素人のグレッグの目にも明らかだった。

「ゴーン、ゴーン、ゴーン、ゴーン。山が高くて、不規則な間隔で、ぎざぎざした特徴的なパターンができている。これはめったにない形だ。この男性は言葉を釘でも打つように発している」

グレッグはテープの入っていた缶を手に取った。エド・アンダーソンと書いてある——ジャン・ローガンのボーイフレンドだった、中古車ディーラーの男だ。

「両方のプロジェクターを同時に写してみる。右側がホーギーとされる人物の声だ」

「なるほど、すると——」ふたつの画像がほぼ同じパターンの影の動きを写しているのを見てグレッグは言った。

グレインジャーは灯りを点けた。「警告しておくよ。これは指紋のような鑑識方法じゃない——つまり決定的ではない」

だが彼の本音は違うようだ。「あくまでも提案としてだ。だがこの案件では、きみは誤認しないと思う」

グレッグは盗聴室に戻る途中で〈スノーケル・ホイッパーズ〉の本拠地となっているカーク・スポーツ店に立ち寄り、会員名簿を見せてくれるよう頼んだ。ひとりの名前を見つけた。パンサー・ウィルソン。彼は五か月前に入会していて、保証人はジャン・ローガンだった。

第十二章

ジェシー・テーラーは後ろにもたれた。彼らに説明するはずが、すでに五分間も待たせている。電話が鳴るに任せておけ。

彼らは帳簿をつけてほしいのだ。浅はかな考えしか持たない連中の間抜けな質問に答えてほしがっている。手紙をばらまき、タバコや飴を売りつけ、きちんとコテージを始末したか、誰がそこにいたか跡をつけて鍵を確かめ、釣り師が餌を余分に持って行かぬよう、ギャング連中が幅を利かせぬよう、目を光らせる。

五分が経ち、一秒過ぎてから、ジェシーは受話器を取った。

「一体全体どこにいたのさ、ジェス？」電話の向こうから陽気に尋ねられるが、ジェシーはいきり立ってきた。おれの名はジェシーで、ジェスじゃない。

相手はアロービューの郡保安官代理ビル・マークスだ。彼は、若手のマークスが犯人を取り逃がしてばかりいる、としょっちゅうメアリーにこぼしている。

「忌々しい電話に出るより他にやることがあるんだ」彼は叫び返した。

ミス・ローガンとミス・ロバーツはチェックインしていたかどうか、ビルは知りたがった。ジェシーは目の前にカードを出した。そこには確かに名前がある。彼女たちは数分前に支払いを済ませチェックアウトしている。ビルが時間をくれれば、ジェシーは彼女たちに追いつくはずだ。ジェシーは関節炎持ちながら、いま来たのかもう帰るのかわからない客にぶつかりつつ、できるだけ早くロッジの部屋を横切った。

ポーチに出た時に車が走り去るのを目にした。

「おい！」彼は叫んだ。湖にいる全員が振り向いた。

「おい！」彼はまた叫び、手を振りながら覚束ない足取りで階段を下りた。走り去る彼女たちの車に声は届かなかった、と気付き、ジェシーは踵を返した。

まあ、たいした問題はない。ビル・マークスはしょっちゅうタイヤ泥棒やあの種類のトラックにやきもきしている。銃撃があった時——酔っ払いが彼をビリー・ザ・キッドだと言い、他の奴が打ち消していたが——ビル・マークスは休暇中だった。

ビルはあのふたりに何の用があるんだろう？　彼女たちは糖蜜のように甘い。ひとりは美しく、もうひとりは溌剌としている。ふたりとも二十歳そこそこだろう。最近じゃ女のほうが早熟だ。彼は遠い昔に痩せっぽちの女房と身を固めた時のことを思い出した……

「女たちは行っちまった」彼は電話の向こうに打ち明けるように言った。

「どっちに向かった？」ビルが尋ねる。

ジェシーはためらった。思い返すと、交差点からどちらに向かったか見損なっていた。

「チェイス通りに行った」彼は怒鳴った。ビルはその言葉を真に受けたりはしない。彼女たちは実際にチェイス通りに向かったかもしれないが、もし見つけられなくても他の道を探すだろう。誰だって完璧ではないのだから。

「恩に着るよ、ジェス」ビルが慌てて電話を切る。

チェイス通りとは、われながら良い選択だ。丘からロビンフッド湖まで五十八マイルあり、いくつもの脇道がある。

その間にビル・マークスには何かしらの収穫があるはずだ。

第十三章

グレッグはあくまでもさりげなくホーギー——エド・アンダーソン——の店に入った。ブラッドの提案に従い、グレッグはゴーキィ・ローガンの行方を探しているという理由で店を〈ひょっこり訪ね〉て、相手を観察し、居所を確認する予定だ。不意に尋問したら不審に思われる。署に勤務してこの七年で初めて、質問内容を書き出して記憶した。

ブラッドは念を押した。「ホーギーからいくつ証拠をつかめるかに執着するな。マローンから同じ証拠をつかめるまでホーギーを泳がせておきたい。おれたちが追っているのはマローンだ。このように流れを指揮して奴は金をせしめている」

グレッグは署を出る前に記録課に立ち寄って一覧を調べ、「該当者なし」とわかった。——つまり、記録課には少なくともエドワード・オステン・アンダーソンという名では犯罪記録はない。ＦＢＩに「本日中に回答望む」と申請する、と記録課が約束してくれた。中古車販売店に行く途中に立ち寄ったクレジット会社シティ・クレジットで得た情報だが、エド・アンダーソンは過去二年間に債務不履行で十七件告訴されており、彼の信用度は〈プア〉だ。だがクレジットの記録から察すると、中古車店はそこそこ収益が上がっているらしい。

グレッグは店に入って改めて納得した。「いらっしゃいませ——タイヤ《キック》を点検《アワー》してくださ い《タイヤ》」「頭金なし――年払い」夕食の時間帯だが、客の姿がちらほら見え、百ドルのおんぼろ車から四千ドルのジャガーまでの品揃えの中で吟味している。

オフィスは敷地のちょうど中央にあり、壁はすべてガラス張りだ。ホーギーはデスクから離れることなく店を見渡せる。グレッグが店に入った時、彼は接客中だった。

「いらっしゃいませ」ホーギーが声をかけてきた。「次に伺いますので座ってお待ちください」

彼はマスティフ犬を人間にしたようで、顔もマスティフ犬のようにいかめしく、くたびれていて、肌は海泡石（主に小アジアに産する白色多孔性の軽い粘土状の鉱物）のようだ。てきぱきと接客しているが、頭では皮算用しているのが明らかだ。鉛筆を強く握っている。

ホーギーが再び声をかけてくる。「すぐに参りますから」だが先客はしつこく、買おうとしている車の履歴を知りたがっている。中古車を購入する客なら誰もが持つ、事故を起こしたことはないか、という不安に悩まされている。

グレッグは店の外に目をやった。ブラッドからホーギーの尾行を指示された署員二名が、通りの向こうにいるのを認めた。捜査が進展していないのだ、とグレッグはすぐに合点した。日中ホーギーは百人ほどと話している。その相手全員を確認して、どの人物がジャンを殺害し、コーキィを殺そうとした〝奴ら〟で、四十万ドル強奪事件の〝ザンプ〟なのか、見極めるのは難しい。

「不具合があったらいらしてください、ミスター・バスクーム」ドア口でホーギーが言う。「ここでお買い求めいただいたら、ご心配には及びません」

ホーギーがこちらを向いた。

「お待たせしてすみません。こちらにお掛けください」デスクの前の椅子に座るよう促す。

「今日はどういったご用件で？」

グレッグはゆっくりと前に進んだ。思いがけなく誠意あるホーギーの態度に、やや拍子抜けする。

「わたしはグレッグ・エヴァンズ、警察の者です」

「一分待ってもらえますか、エヴァンズさん」ホーギーがインターホンを取って話すと、外の拡声器から彼の野太い声がした。「チャンプ、オフィスに来てくれないか」

ホーギーはくるりとグレッグに向き直った。「失礼」

「あなたはジャン・ローガンのご友人ですね」グレッグが言う。

「ええ、その通りです。ジャンとはデートをしたことがあります。数える程度ですが。競馬に行ったり、一緒に飲んだり、そんなところです」

グレッグが頷く。

「お付き合いの程度は気にしていません。彼女の妹に知らせたくて探していまして」彼は論点を明確にした。

チャンプが割り込んでくる。「ボス、お呼びですか？」

「ああチャンプ。さっき新品同様の五十二年型デソトが戻ってきたな。何かあったのか？」

「モーターブロックにひびが入っていると、あの客が言っています」

「実際にはどうなんだ？」

「オーバーホールのカードが示されていません」

「客に金を返すんだ」

「他の車を希望しています」

「金を返してご退散願え」

間を置かずにホーギーはグレッグに言った。「コーキィには会ったことがありません。何も知りませんよ」

グレッグは長身を伸ばして椅子から立ち上がった。「それではどうも、ミスター・アンダーソン。われわれはあなたが――もしくはジャンから聞いて妹の行方を知っているのではないかと思ったもので」

「ウィリアム・ブラーには会いましたか？　ジャンは彼の下で働いていましたよ」

ホーギーはドア口まで見送ってくれた。「初めてジャンに会った時のことを覚えています。車を買いに来たんです。オールズモビル社の五十一年型のストローハットを買いました。こぢんまりした車です。次に会ったのは〈シャンパンルーム〉でした。話が合いましたよ。良い娘《こ》でしたから」

グレッグが言う。「最近の溺死案件では、常に自殺も視野に入れています」

ホーギーが肩をすくめる。「人の心の内など誰にもわからないと思いますが。誰にでもミステリ小説の要素がありますから――わたしたちだって」

彼はドアの外でタバコの火をもみ消した。「車がご入り用になりましたら、いらしてください。サービスしますよ」

グレッグは言った。「それはどうも、ミスター・アンダーソン。お互い汗だくで、シャワーを浴びたかのようですね」

ホーギー・アンダーソンは不必要に多弁だった、という印象を抱きながら、グレッグは店の敷地を横切った。

第十四章

グレッグは日中の傍受記録をタイプしたものを十時過ぎまで読んだ。捜査担当者の通常業務だ。麻薬事件の盗聴はもっとも見込みがある。大麻の売人は、翌日バブコック高校の生徒に売りさばく売人のために、十万本の大麻タバコが届くよう手筈を整えている。盗聴室は到着場所と時間を入手した。彼は下り車線の渋滞の中を運転してエレン・マーシャルのアパートに着いた。運転中に名案を思い付いた――もっとも交通裁判所のジョーンズ判事には小言を食らうだろうが。

グレッグがマルモのアパートの隣室へ合鍵で入ると、盗聴の専門家ジョー・パッカーとターミーは〝窓〟のすぐそばにいた。

ジョーが腕時計に目をやる。「十時二五分。マローンは時間厳守だ」

彼らは〝窓〟から一歩離れた。ジョーが続ける。「たれ込み屋によると、大陪審はサツ寄りだ」

「おれもそう聞いた」

ジョーが焦れて言う。「何でみんなして電話の盗聴に躍起になる？　自分の電話も聞かれるっていうのに。偉大なアメリカ人の娯楽ってわけか。おれだってティーンエイジャーふたりと混線したことがあって――」

「そうとは取らない人もいる」

「そういう輩は何に文句を言っているんだ？」

「こういう類のものについては、われわれは盗聴している時、有罪であると同様に無罪だ、と考えられている――そして、人がある人に対して告発するのは、自白を強いられてのことではないか、と思われている」

ジョーは肩をすくめた。「犯人に関して言えば、スポーツマンシップとは言えないね。次の機会にはオフシーズンになるだろうよ」

ターミーが彼らに呼び掛ける。〝窓〟越しに見えるエレン・マーシャルが、十八世紀のパネルドアを開けて作り付けのレコードプレーヤーに向かう。レコードをかけると、彼女は音楽に合わせて体を揺らしながら立ち去った。黒のイブニングドレス姿で、均整のとれた肢体とランジェリーの線がよくわかる。彼女が寛ぎすぎだ、とマローンはいつも非難している。

エレンが細いタバコに火を点け、切れの良い動きで彼らに、つまりマジックミラーに向かって歩いてきた。彼女の着ているドレスはオフショルダーで、彼女はしばらくじっと見て、肩が露わになるほどドレスの袖を下げたが、元に戻すことにしたようだ。

当然ながら現場は再び静まり返った。彼女が行った先のドアには盗聴器があるのを、彼らは知っている。彼女は試合前の選手のように深呼吸して、蠱惑《こわく》的な笑みを浮かべた。天井の灯りを消して、向こうの隅のテーブルランプだけ点けたままにしている。

いつものように髪型が整っているマローンが、彼女の両手目指して歩いてくる。彼女は貪るように彼にキスしたが、彼の反応は、古くからの知り合いの女に抱擁されてもいまさら何も感じない、というものだった。エレンはわれ知らず彼に体を押しつけた。そして彼から手を離すとくるりと鏡のほうに向かってきた。グレッグは彼女の瞳に怒りが浮かんでいる気がした。マローンはスーツをすばやく調べ、鏡に近づいてついている口紅を取り、髪の毛数本をあるべき箇所に整えた。しばらくいなかったエレンが再び姿を現した。ミンクのショールを巻き、口紅を直している。彼女はランプを消して出かけた。

「隣の部屋についてはよくわからない。おれには室温が高いように見える。反響があるかもしれない」ターミーが言う。

「じゃあ壁をぶち壊せばいい」グレッグが歯を見せて笑いながら言ったので、ターミーも笑った。彼は電話の修理工のような服を着ている。

「おれのネズミの穴はどこだ?」彼がそう言いながら〝窓〟から離れている他のふたりのほうに歩いてゆく。

「長い廊下の突き当たりだ――行ければの話だが」ジョーが彼に言う。

「この部屋を見張っているのか?」

グレッグが頷く。「ジョーが裏口を担当しているし、正面にふたり配置している」

ターミーは脚立を持ち、巻いた電線を肩に担いだ。グレッグは彼と一緒に廊下を歩いている間、ジョーが建物の裏側に回り見張りを始めた。ターミーは四角く開いている天井のところに脚立を立てた――板の間を十二インチ取り外してある。彼が開口部から中に入ったところでグレッグは脚立を片付け、ターミーが開けた穴に板で蓋をする。彼は狭い天井裏を腹ばいで進み、エレンの部屋の上に到着するはずだ。

脚立をマルモのアパートに戻した後、グレッグは正面玄関から出ていった。電話交換台を通り過ぎた時、ロビーの椅子に座って雑誌を読んでいる素振りの私服警官に気づいた。通りをゆっくり歩いている他の警官が、挨拶することなくグレッグとすれ違う。

グレッグは最初の角を曲がって横道に入ると、足を速めながら裏手のドアを数えた。四つ目が彼女の部屋だろう。街でよく見かける、ゴミバケツが点在する舗装された小道で、窓辺に花の鉢植えを飾っている部屋もあれば、布巾が干してある部屋もある。グレッグは二階から落ちた灯りの欠片を跨いでゆく。シュトラウスのワルツがかすかに聞こえ、ミネストローネスープと月見草の香りが漂ってくる。

グレッグは合鍵を差し込み、緊張気味に錠を開けた。これは合鍵だが、合鍵の合鍵は信用できた試しがない。背後の道の向こうの低木でかすかな動きがあり、彼は身を強張らせた。ジョーであれば、と念じる。十中八九そうに違いないが、とにかく手を止めるわけにはいかない。

グレッグの指が鍵を〝感じ〟、加減していくうちにようやく錠が開いた。ドアを閉めてじっと耳を澄ませ、しばらくして他に誰もいないとわかる。そこには真の静けさがあった。

懐中電灯を頼りにサービスルームからキッチンを抜けてダイニングに入り、さらに廊下を通ってリビングルームに行く。バスケットボールで鍛えた体を滑らかに動かす。毛足の長いカーペットのおかげで足音が消される。

彼は東側の壁の前に跪き、幅木を両手で慣れた手つきで撫でた。作業に入る前に、盗聴器を設置する予定の場所を二度ノックすると、しばらくして天井の向こうからノックが返ってきた。驚異的だが、ターミーは案内されなくても天井越しにグレッグの位置を正確に把握できるのだ。

熟練した手つきで螺子回《ねじまわ》しを使って、てこの原理で壁から幅木を引き剝がす。螺子回しには巾を噛ませて、壁に引き剝がした跡が残らないようにする。幅木を八フィートほど剝がして取り外した。

通路沿いのドアの向こうから足音が聞こえ、グレッグの全身に衝撃が走った。ふたりの男性が声を潜めて話している。彼は跪いた状態で筋肉を強張らせてじっとしたまま、声に集中する。男性たちが見張りなのかと思ったが、その後、彼らの足音は普通のペースになり通路を進んでいったので、グレッグは膝の力が抜けた。

ズボンの尻ポケットから盗聴器を取り出す。一ドル銀貨より一回り大きく数倍厚いクリスタルマイク（音のエネルギーを電気エネルギーに変えるために圧電性結晶を用いるマイク）で、受話器に内蔵されているディスクのようなものだ。ターミーが垂らしてきた釣り糸に気づき、盗聴器の電線と結びつける。機器を設置する間柱《まばしら》を手で撫でると、ちょうどいまつけたばかりの品と同じような、小さな丸い物体があった。

何者かがすでにこの部屋を盗聴している。

何年も前に設置された古い物がそのままになっているのかもしれないし、つけたばかりかもしれない。

グレッグはリード線を切りたい衝動に駆られたが、もしも〝現役〟だったら、設置主が調査して警察のマイクを見つけてしまうだろう。そこで彼は触らずにいようと決めた。ターミーがリード線を伝って明日には設置主まで辿ってくれるだろう。

壁を三回ノックしてターミーに盗聴器の線を引っ張り上げてくれるよう合図した。リード線がしっかり結ばれたマイクは〝耳〟がきちんと部屋に向けられたまま着実に上がっていったので、幅木を元に戻そうとした。

ちょうどその時、窓の外からジョーの低い警告の口笛が聞こえた。

裏口のドアが枠を擦る時の鈍い音がはっきりとわかる。

ターミーは〝釣り糸〟を引き上げ、盗聴器のリード線を手繰り寄せた。それから〝釣り糸〟を解き、輪にして尻ポケットに納めた。

彼はすでに他の盗聴器のリード線を見つけていた。懐中電灯で見る限り、それはまっすぐ彼の頭上を通り、建物の外壁のほうに方向を変えている。〝設置した人〟は恐らくリード線を外部まで延ばして、他のアパートから傍受していると思われた。連邦政府によるものかもしれないし、私立探偵が仕掛けたのかもしれない。管轄外のはずだが郡保安官が設置した可能性もある。以前そういった機器を見つけたことがあったが、その時には大事件の特ダネをかっさらおうと、マイクをこっそり署の管轄にした。これが郡保安官のものだったら線を切断して、向こうが言い訳を言いにくるのをただ待つ。相手に一発食らわして、私立探偵かと思った、と後から言い訳するつもりだ。

ターミーは腹ばいで進みながらリード線を伸ばして、板に添わせるようにした。ヘビのように進んだが、他の梁《はり》を支える大梁《おおばり》の箇所がとても狭くなっていて、通るのがやっとだった。たいていの男性なら息苦しく感じるだろうが、こうして闇の中をモグラのように進み、世間から完全に遮断されるのが、彼の性に合っていた。もちろん物音が上下から聞こえて来たが、外部の喧騒を通り抜けて緩やかになり、何の音かわからなくなっていた。粘つく汗がシャツに染み込むのも久しぶりで、蒸すような空気も、吹き込んでくる調理の匂いも気にならなかった。

ターミーは腹ばいで進みながら間柱を数えて、マルモのアパートを通り過ぎた所まで来てからリード線を垂らし、懐中電灯を消すと静かに横たわり、グレッグの小刻みなノックが聞こえるのを待った。

ノックが聞こえたら彼はノックで答え、〝刻み目〟をつけ、リード線を垂らす。自分は決してへまをしないと自負している。警察署の盗聴担当となって十二年経った今では、無線技士として給与台帳に記載されている。もっともターミーは一度だけへまをしたことがある。古い建物の中の講堂の天井裏を進んでいた時だった。急に腹の下の板に違和感を覚え、次の瞬間には板が突き抜けて、米国愛国婦人会（独立戦争当時の精神を継承しようとする女性団体）の会議の真ったただ中にまっすぐに落ちた。彼女たちがどんなに困惑したことか！　それにしてもグレッグ・エヴァンズはずいぶん遅い。

キッチンのリノリウム床を用心深く歩く足音をグレッグは聞いた。足音はすぐにカーペットのせいで聞こえなくなった。彼はすばやく螺子回しをポケットに入れ、幅木を元通りにした。次に聞こえたのは、廊下からの喘息持ちのような激しい息遣いだ。

彼は時代物の書き物机の横で、壁に体を押しつけた。息を凝らそうとする。廊下にいる何者かが歩きづらそうにしているのが感じられる。床がかすかにたわんでいるので、体は重そうだ。と、予想外にも灯りが点いた。テーブルランプだ。

男はグレッグに背を向けてテーブルに屈み込んでいる。グレーのドニゴールツイードを着た巨大な男だ。男はゆっくりと静かに振り返った。影になって顔はわからないが、眼鏡が反射した。男はしばらくじっと立ったまま、厚皮動物のような体を動かさずに室内を見回している。前にも来たことがあるようで、前回から何か変わっていないか探っているようだ。灯りが届かず影になっている書き物机を、男の視線が通り過ぎる。

キッチンのリノリウム床を忍び足で歩くもうひとつの靴音がグレッグの、そして男の耳に聞こえた。室内を見回していた男の目が止まって、耳を澄ませていたが、空耳と判断したようだった。男は巨体を揺すりながら部屋を横切って書き物机に近づいてきた。グレッグは身を強張らせてじっと待った。男は机の引き出しを開けた。余りにも近くてグレッグは男に触れられそうだったが、男にはまだ気づかれていないようだ。男は引き出しから封筒の束を取ると、灯りの下に置くようにしてひっくり返した。それから踵を返し、グレッグのあごに破壊力のあるアッパーカットをお見舞いした。骨と骨のぶつかる音が室内に響く。グレッグの体に痛みが突き抜けた時、男が再び殴りかかってきたが、今度はすばやく左にかわした。巨体が攻めてきた時にグレッグは立ち上がった。男が後ろによろけたので、敏速に強烈な右フックをお見舞いし、男の下腹部にもう一発右手でパンチした。男は呻いて屈み込み、ゆっくりと床にへたり込んだ。

ちょうどその時ジョーがリビングルームにやってきた。グレッグは一瞬頭が真っ白になり、あごを触った。

「大丈夫か?」ジョーに尋ねられ、グレッグは頷いた。

「男は合鍵を持っていた」ジョーが言った。

グレッグは男のポケットをまさぐって財布を見つけた。男の息遣いは苦しそうで部屋の外にまで聞こえそうだ。

財布をテーブルライトの下で調べると、運転免許が出てきたので声に出して読んだ。「ジョージ・ピアソン――サン通り二三九八番地」ジョーが情報を書き留めるとグレッグは財布を男のポケットに戻した。

「こいつはどうする?」ジョーが尋ねる。

「放っておけ」グレッグはそう言うと、ポケットから鋲打ちハンマーを取り出して幅木を均一に壁に留めた。懐中電灯で釘穴を照らし、塗装を傷つけていないか確かめる。

「退散するとするか」あごの疼痛が刻々と激しくなる。

グレッグたちは裏口のドアを閉めると、角を曲がって正面玄関に回った。侵入者が来た場合に尾行させる見張りをふたり配置してから、彼らはまっすぐマルモ事件を監視するために隣の部屋に行った。ジョーは〝窓〟の監視を再開した。グレッグが壁をノックしてターミーに合図すると、幅木を剝がしてリード線を差し込み録音装置に繋げた。板を元の位置に戻している時ジョーに呼ばれた。

巨体が起き直るのを彼らは見ていた。まるで体の節々を元に戻そうとしているかのようだ。ひどく苦労して立ち上がると、廊下のほうへ立ち去った。襲撃者がどこかにまだ潜んでいるかのように、男はリビングルームに戻ってくると、倒れていた椅子を起こし、雑誌を拾って元通りに置き、敷物を撫でつけた。

第十五章

グレッグはなかなか寝付けなかった。盗聴器や、エレン・マーシャルのアパートのマジックミラーや、壁に仕込まれていたマイクのことが頭から離れない。あの日に読んだ記事をしっかり覚えている。「『狂信者が狡猾に侵犯する特権を持つことは、多大な危険性を孕んでいる』と最高裁の裁判官が評している」と新聞のコラムニストは記していた。

自分がその狂信者だったらどうだろう、と思いながらグレッグは眠気を催した。

ようやく寝入ったと思った時に、自分を呼ぶ声が聞こえた。寝ぼけ眼で見ると部屋の向こうの開いた窓の外でシンシアが手を振っている。一緒に寝ていたミスター・アダムが蹴ってきたおかげで、グレッグははっきり目が覚めた。いつも彼の足元で寝ていてミスター・アダムが蹴ってくるのは、彼の寝相が悪い時だ。

シンシアが言う。「わたしを古女房だとでも思っているんでしょう。十五分間あなたの家の電話が鳴り続けているわ」

電話の主はブラッド・ランカスターだった。「困ったことになった。ジャン・ローガン事件についてマクタミッシュが八時に公表しちまった」

グレッグはすっかり目が覚めた。「一切合財を?」

「そんなところだ。マクタミッシュと接触してくれ――頼んでいいな？」

ブラッドが記事を読み上げる。

「『ジャン・ローガン、二十八歳の不動産屋職員は、異様な筋書きで殺害されたと推定される。警察上層部は彼女の死と関連する謎の状況について本日明らかにした。ミス・ローガンはすらりとしていてモデルの経験もあった――一か月半ほどモデルを務めたこともある』。マクタミッシュは彼女をマリリン・モンローに仕立てるつもりだ」

ブラッドは続けて読んだ。「『かつてモデルも務めた恵まれた体型のミス・ローガンは、ウィリアム・C・ブラー不動産に勤務していたが、日曜夜サンディービーチで溺死した。警察は彼女の死を事故として処理した。アシスタントチーフのブラッド・ランカスターの指示で動いている警官たちは、〝誰かが〟殺されるという匿名の通報者の情報を元に、三人の殺人課の刑事が月曜の夜サンディービーチに出動した事実を内密にしていた、と認めた』」

ブラッドは読むのを止めた。「これ以上公表しないようマクタミッシュに頼む必要がある。次の特ダネを提供すると持ちかけるんだ。いいかエヴァンズ――おまえは深夜の放送で彼に公表させないよう仕向けてくれ。ラジオを聴く人数は新聞を読む人数より多い」

マクタミッシュのラジオの時間になると、街の居酒屋のテレビは一斉に消されてラジオがつけられる――息も絶え絶えな声――彼の〝特ダネ〟放送だ。ナイトクラブや観劇の客や宵っ張りがこぞってマクタミッシュを信じきる。

「妹についていては？」グレッグが尋ねる。

「触れていない――だがこの記事では――」

「わかっている」グレッグは虚しさを――そして危険を感じた。

ブラッドが言い足す。「ハイウェイパトロールがアロービュー付近で検問をかけている」

電話を切ったグレッグは腕時計を見て、九時を回っていると気づいた。マクタミッシュが裁判所を確認するのも時間の問題だ。疲労困憊の体に鞭打って服を着て髭を剃り、ミスター・アダム共々朝食抜きで家を出た。

グレッグは裁判所で廷吏の駐車スペースに停めさせてもらい、建物に入ると新聞の早版を買った。この長い洞窟のような大理石張りの廊下は、初めてここに足を踏み入れた一般人に恐怖を抱かせるに違いない、とエレベーターに乗りながら思った。もっとも、石切り場で砕石するより、裁判はとっつきやすいはずだ。

いくつかのオフィスでマクタミッシュの居所を尋ねて外廊下に面する最高裁七番に行くと、著名な政治記者ヘンリー・アーンステンと話している彼を見つけた。彼はグレッグを認めると、ただ頷いた。グレッグは、忘れ去られた裁判官の陰鬱な古い肖像に寄りかかり、呼ばれたら聞こえる場所で待った。

数分後、いつものようにマクタミッシュが折り畳んだ複写紙に書き込みをしながらゆっくり歩いてくると、その紙を胸ポケットに納めた。

「やあマクタミッシュ、今ちょっといいかい？」

マクタミッシュはもったいぶってタバコに火を点ける。「そろそろあんたが来る頃だと思ってたよ」

グレッグはうんざりするほど賢そうな相手の顔を見た。ホレス・グリーリー（〔1811-72〕米国のジャーナリスト、政治家。ニューヨークトリビューン紙を創刊）がエドガー・アラン・ポーを評した言葉が彼にはしっくりくる。「飲みすぎず、素面《しらふ》になりすぎないのが素晴らしい記者だ」

もっともマクタミッシュはいまは素面だ。

「折り入って頼みがあるんだ、マクタミッシュ」

「答えはノーだ」

「待ってくれ。話だけでも聞いてくれよ。あの記事が捏造だと言うつもりはない」

マクタミッシュがかすかに驚いた様子でこちらを見る。「ほお、面白い」

「違うんだ。あんたは読み違いをしている――それにあんたは殺人犯におもねっている。あと数日待ってくれれば――こっちからすべて話す」

「こんな役回りを任されるほどランカスターから給料をもらっていないだろうに」

グレッグは腹立たしさを覚えた。「すべて話すさ――オフレコなら」

マクタミッシュはにっこり笑った。「それをおおやけにするのはおれの勝手だ」

彼がグレッグの肩に手を置く。「あんたを気に入ってんだ、わかるだろう。だがあんたがランカスターの指示でおれにくれようとしているネタは古いんだよ。そんなのはお断りだと彼に言っとけ」

「ある娘のためなんだ――おまえが狙っている女子学生だよ」

「百も承知さ」

彼は事情はわかっていると言わんばかりに笑って見せた。「あるブン屋のデスクの言葉を教えてやるよ。主題のない新聞はない。常に主題があるのさ、知っての通り」

マクタミッシュは踵を返した。「おれは二階へ行かなくちゃならない。ハワード家の離婚裁判が始まっている。女が八人だとさ。よくそんな時間があると感心するよ」

彼が立ち去るのをグレッグは見送る。関節炎のある膝をかすかに引きずってゆく。彼の服は刑事のようだが手入れされておらず、あの出で立ちではどんな仕事でも不都合だろう。

グレッグは怒りを鎮めようとして階段を五階分下りた。マクタミッシュを責められはしないが、新聞社で有名になるために警察を売った裏切り者は……。

グレッグはふらふらとコーヒー店に入ったものの、ベーコンエッグは食べ切れず、コーヒーも喉に沁みた。手帳を親指でめくりながらドクター・C・オックスフォード・ジョーンズと彼の住所を探す。彼への聞き込みの失敗を、ブラッドから例の慇懃無礼な態度でなじられていたのだ。ブラッドは人使いが荒い。

住所を辿ると十六から十八の部屋がありそうな、こぢんまりした長期滞在型ホテルに着いた。きちんとした外観で、掃除の行き届いたコンクリートの階段からヤシの木の鉢植えのある玄関に続き、小さなカウンターの向こうには几帳面そうな禿頭のフロント係がいる。

「はい、ドクター・ジョーンズですね」とフロント係が言い、ドクターに電話したようだった。グレッグはドクターが起きているといいのだが、と思った。彼には早い時間だ。

そして、ドクター・ジョーンズは数分で下りてくると言われた。テーブルには朝刊と、いかにも紳士が好みそうな雑誌が置いてある。

グレッグは十分ほど待ち、もう一度電話してくれないかとフロントに頼もうとした時、長身痩軀で手入れの行き届いたあご髭をたくわえた、三十代半ばと思われる男性がこちらに歩いてきた。高価なサテンの部屋着とお揃いのサテンの室内履きを履いている。

「わたしを訪ねていらしたのはあなたですか？」男性が尋ねる。長く平たい顔に澄んだブルーの奥まった瞳。その立ち姿は、細身な外見にもかかわらず立派な印象を与えた。

グレッグは立ち上がった。「はい。警察の者です。エヴァンズと言います」

ジョーンズは静かに温かな握手をした。「初めまして、ミスター・エヴァンズ。こちらの窓の近くに座りましょうか」

ジョーンズが先に立って案内してくれる。「数分前にラジオでニュースを聞きました。ジャンについて。実に驚きましたよ。その件でいらしたのですね？」

「ええ、その通りです、ドクター。同類の溺死案件をかねてより調査しておりまして――日常的に。何も証拠が出てきません。新聞は――その、ご存じのように、あの調子ですから」

ドクターは頷き、象牙のホルダーにタバコを差し込んだ。「ミスター・エヴァンズ、お役に立てますかどうか。ジャンとは知り合って間もないものですから。確か――わたしがこちらで働き始めた六月でした。極秘プロジェクトで大学で働いています」

彼は嬉しそうに微笑んだ。「きっと、わたしが妙な仕事をしていると思っていらっしゃるでしょうね、実際にそうなのですよ。働くのは主に夜でして。一番頭が冴えるものですから」部屋着を指し示しながら言う。

「先ほどの話では、ドクター――」

「そうです、ジャンと会ったのはわたしがロンドンから着任して二週間後位で――」

「するとドクターは英国の方なのですね？」

「生まれはそうですね、ただ大方アメリカに住んでいますので、自分ではアメリカ人だと思っています。戦時中はマンハッタン・プロジェクト（第二次大戦中に米国が行った原子力研究の秘密計画の暗号名）にかかわっていました。ほら、その計画は科学的観点から実に責任があるのですよ、原子爆弾開発に繋がりましたから。話が脇道へ逸れて済みません。科学者らしくもない」

ドクターがタバコの灰を正確に灰皿に落とす。「家を買おうと思っていたんです——妹とその家族を呼び寄せようかと。確か六月の終わりにたまたまブラーの店に立ち寄ってジャンに家を案内してもらいました。それから交友が始まり、しばらくは頻繁に会っていて——」

「わかります」グレッグは言い、しばらく待った。

「最後に彼女と会ったのはいつですか、ドクター?」

「土曜の夜です。レスリングの試合を観に行きました——パンサー・ウィルソンの試合です。彼はジャンの友達ですから。よく彼の試合を観に行きました」

「立ち入った質問をしても良いですか?」

「どうぞどうぞ。あなたのお立場は十分に理解しています」

「ミス・ローガンと恋愛関係でしたか?」

ドクターが窓の外に目をやる。「さあ——そうは思いません。彼女からそういう目で見られていなかったのは確かです——恋愛対象としては。彼女は素晴らしい女性でとても魅力的で、話上手でした。わたしはそれが気に入っていましたよ。だってこちらは話べたですから。われわれ科学者は具体的な話以外の、あいまいな会話をする才能に欠けているんです。わたしたちは話すことに関しては次第に退化していると言えましょう。これくらいにしておきましょう、また話が逸れてしまいました。ご勘弁を」

「彼女はミスター・ウィルソンをどう思っていましたか?」

ドクターが微笑む。「さすが刑事さんですね! 愛が暴力や死をもたらすとばかり考えている。とんでもない、パンサー・ウィルソンは彼女にとってただの友人ですよ、はっきり言ってわたしがそうだったように」――彼はグレッグに向き直った――「ジャンはどんな男性とも真剣な恋愛はできないのではないかと思います」

「と言いますと？」

「彼女とは本当に良い友達なので、こう言うのも何ですが、お互いの欠点を理解しているからこそ友人と言うのでしょうから。ミスター・エヴァンズ、科学的見地から明らかだと賛同いただけるでしょうか、ジャンはひどい神経症に悩まされていました。彼女は男性に対して力を誇示したいという強い願望を抱いていました。好ましい女性であると証明せねばならないと思っていました」

ドクターが深いため息をつく。「彼女にまつわる最終的な状況証拠として、わたしは記録されるのでしょうね――しかも重要な状況証拠として」

グレッグは話を続けるにつれ、好奇心をそそるが非生産的だ、とわかった。ドクター・ジョーンズはパンサー・ウィルソンよりもジャンの交友関係に疎いのは明らかだ。彼女はパンサーを雇用主のウィリアム・ブラーに紹介していた。パンサーは彼女がホーギー・アンダーソンについて話していた、と覚えてはいたものの、コーキィの居場所については心当たりがなかった。

ドクターはグレッグを玄関口まで先導してくれた。「葬儀に出るつもりはありません。生きていた頃の――いつもの――ジャンを覚えていたいのです」

グレッグは言葉が見つからず、手を差し出して別れの挨拶をすると踵を返した。

彼は車を運転しながら、頭の中では事実と仮定を仕分けた。きちんと順序立てて整理したかった。厄介なのは、事実が強力かつ捉えどころがなく、しばしば手に余る点だ。

いまはある一点が妨げになっている。従軍時に話題にのぼったマンハッタン・プロジェクトについて、グレッグは思い出そうとしていた。原子爆弾開発という極秘の計画には、確かアメリカ国内の科学者のみが関わっていたはずだ。

グレッグは朝に慌てて家に忘れてきた財布を取りに戻った。二軒先の家の、五歳になる赤毛のティミーがスクーターでやって来た。「アダムと遊んでいい？」

「いいかいティミー、前にも言っただろう。彼はミスター・アダム。尊敬の念を忘れずに」

「ミスター・アダムと遊んでいい？」

「彼を見つけられたら、遊んでいいよ」

ティミーがスクーターで走り去ると、スクリーンドアが音を立てて開いた。シンシアが階段を駆け下りてくる。

「ちっちゃな怪物だ」グレッグは言った。

「でしょう？」

シンシアも同意する。「わたしは六人産むつもりよ――男の子が三人、女の子が三人」

シンシアの将来設計は完璧だ――土曜日にはドライブ、日曜日には教会、家は窓の多い現代建築で、わざわざリビングの中心に暖炉がある。

「みんな怪物なのかい？」グレッグが尋ねる。

「そうだといいわね。おとなしい子は好きじゃないの。ほら」――彼女が五ドル札を差し出す――「店から返してもらったわ」

家に入ろうとしていたグレッグは金を出されて足を止めた。彼はダウンタウンにある店で買い物をしたら五ドル多く取られた。放っておくつもりだったが、シンシアに話したら「レシートを探しておいてね」と言われ、渡していたのだ。

グレッグは好奇心に駆られて尋ねた。「店に何と説明したんだい？　その――ぼくの代わりに掛け合ってくれたの？」

「花嫁修行中なんです、ってお店の人に言ったのよ」彼女が陽気に言う。

彼は五ドル札をためらいながら受け取った。彼女が言い添える。「『ノルウェイの歌』のバルコニー席二席が四ドル八十セント、後の二十セントはガソリン代になるわね」

「それじゃデートだ」グレッグが笑いながら言う。

「お誘いありがとう」シンシアは言い返して自分の車に急ぐ。

家に帰ったグレッグがオフィスに電話をすると、殺人課に転送された。若い刑事が出た。「まったく、ずっとあなたを探していたんですよ。男がジャン・ローガンを殺したと自白しました。身柄を確保して二号室に収容しています」

第十六章

彼女たちはゆっくりとメアリー湖を車で上り、冬の朽ち葉を思わせる葉の重なりから木漏れ日が黄金色に輝く、霧深い森を通り抜けた。一度車を停め、銀線細工のように繊細な青い花を摘んだ。その花のような一日だった。だが彼女は焦点がはっきりしない状態からなかなか抜け出せない。夢の中で男に息のできないほど体を締めつけられ、叫び声を上げて目覚めたのは午前三時すぎだった。

そして夜明け前の頃、彼女は腹の底から突き上げられるように、また新たな不安が湧きあがった。日が昇るまで、悶々と悩み続けた。不安の原因には心当たりがある——学んでいる心理学の教科書にあった、本能的かつ先天的恐怖というものだ。休暇中の誰もがそれを抱く。外出中に家が火事になったら、飼い犬が死んだらどうしよう、と心配になるのだ。

そんなものは、ばかげている。

コーキィの思考にゲールが割り込んでくる。「あの侵入者について誰かに報告したほうが良かったのに」

「そうかもしれないけれど——わたしたちが晒し者になるだけかもしれない」あの出来事を思い出すたびに、彼女の体を恐怖が駆け抜け、息が詰まりそうになる。

「それにロッジのホテルマンには伝えたし——」

「彼はあなたの言うことなんて何も聞いていなかった。ホテルの人間って皆あんな感じ。自動おじぎ機が内蔵されているのよ。彼は報告していないわよ――仕事に不利益だもの」

ゲールは気まぐれにもリトル・ベアを発とうと言い張っていた。「辛気臭いわ」と彼女が言うのは、魅力的な男性がいなかったという意味だ。コーキィとゲールは慌てて、宿泊先を変える、と家にハガキを出した。

カーブを曲がると魅惑的なメアリー湖が見えてきた。ロッジが立ち並ぶ、開けた一角に向かう――楕円形のターキッシュブルーの湖の上に灼熱の太陽が輝いている。

ロッジの前を走り抜け、林の下に車を停めた。もう一台の車がすぐ脇に停まったので、コーキィはドアを開けられなかった。隣の車の男性が謝ったので、コーキィは、反対側のドアから下りるからたいしたことはないと告げた。彼女が座席を滑るようにして下りる間、男性の視線を感じた。その後も男たちがついてくるようだった。コーキィは彼らに気を留めるわけでもなく、年配のほうの男性は髪型と髭を整えたほうが良い、と思ったくらいだった。

男性がコーキィたちに声をかける。「ロッジはどこだかわかるかい、お嬢さんたち？」

ゲールが妙な視線をコーキィに投げる。彼はいまロッジの前を走り抜けてきたのだから、見たはずなのに。

「さっき通り過ぎたわ」ゲールは答えた後、足を速めた。

受付でフロント係が困り果てた様子で先客を断っている。彼は、非常に申し訳ないがコテージもロッジも満室でテントも出払っている。代わりになる宿泊先も案内できかねる、という。十年に一度の最悪の混みようらしい。

「手紙は届いていますか？」とゲールが尋ねる。

「さあどうでしょう」と言われたが、じき見つけるはずだ。フロント係はこの繁忙期が終わったら、道路工事作業員のような簡単な仕事に就いたほうが良さそうだ。

コーキィはフロント係から手紙を手渡されミックの筆跡だとわかった。彼女の気持ちは沈んだ。彼は予定が変わって合流できないそうだ。伐採搬出作業の後に収穫期の農場での仕事が見つかったらしい。大学での登録も遅れるだろう、とある。

コーキィたちはレストランに立ち寄ると、コーヒーを頼んで現状を話し合った。所持金を確かめて一日にかかる費用で割ると、山裾にあるスリー・C・デュード牧場でなら過ごせるという結論が出た。その牧場は避暑にならないので、この時期でもたいてい人が少ないのだ。

その後、彼女たちは公共の更衣所で水着に着替えて湖に行った。水に入るとコーキィは滑らかなストロークで泳ぎ出し、水辺の人の群れから離れた。温かな水の中で滑らかな動きを繰り返すにつれ、夜の間ずっと痛みを感じた右の臀部の筋肉がほぐれてくる。

コーキィはゲールがついてきているとばかり思っていたが、振り返るとゲールは三人の若い男性と話に興じていた。

コーキィはゆっくり泳いでいる内に夜の恐怖から解き放たれていった。以前このように泳いでいたのを思い出す。父と泳ぎに行き、浜辺に戻ってからは父のがっしりした体に頭を乗せて話をしたのだ。日常の辛さを乗り越えるために、父は常にジャンとコーキィを水辺に連れていってくれた。父は娘たちを水好きちゃんと呼び、ジャンはそれこそアザラシさながらに、激しい波と戯れていたものだった。

水鳥が叱るような声で鳴く。コーキィはずいぶん水の中にいると気づいて引き返した。ゲールが着替えを済ませて待っていた。

彼女は男たちを追っ払って言った。「間抜けな連中。この香水では意中の相手を引き寄せられないとわかったわ」

車に戻るや否やゲールが言った。「わたしが運転する」

それまでずっとコーキィが運転していた。もっとも眠気を覚えて道から外れるようなことはなかった。

一マイルほど行くと、ロッジを越えて牧場に入る脇道のそばで長い渋滞ができ、ほとんど進まなくなった。

ゲールが首を伸ばす。「検問だわ」

彼女は嫌そうに言い、目を凝らしながら様子を伝える。「ハイウェイパトロールよ。何てこと、コーキィ、点検しているんだわ――そういえば、この車のブレーキ！　もし新しいブレーキをつけろと言われたら、資金切れよ」

車はアイドリングの状態だ。日焼けして引き締まった印象の警官たちが、腰に銃を装着して機敏に働いている。ゲールはいきり立ち、車の中で小刻みにブレーキを踏んでいたが、嬉しそうに息をつくと、コーキィの気づかない内にエンジンを吹かして、木の切り出された跡に勢いよく車を走らせ、狭いわだちの跡があるでこぼこ道を猛スピードで走った。もう少しでハンドルを切り損ねるところだった。小道は森の奥に続き、それから曲がって高速と平行になった。車は深い穴にはまったかのように高くバウンドし、旋回するたびに木の横を傾きながら進んでゆく。

ゲールが言う。「大学で学ぶのってこういうことよね。わたしなんて、まだ二年生だけど」

第十七章

グレッグは殺人課の二号室の外で、若い刑事と手短に打合せをした。

「男の名はベンジャミン・ズィー・ムーアです」刑事がせわしなく言いながら名刺を見せた。「建築家、四十四歳、イーストサーティーン通り一九八二番地在住」

「男は何と言っているんだ？」グレッグが尋ねる。名前にかすかに聞き覚えがある。

「何も。署にやって来てジャン殺害を自白しました。相棒と共にしつこく追及しましたが、あなたにしか話さない、の一点張りです」

グレッグがドアを押し開ける。ムーアが椅子から立ち上がったので、中にいた刑事が手を置いて制した。

「来た来た。来ないんじゃないかと心配だったんだ」ムーアが嬉しげに言う。

彼は痩身で勉強家然とした顔つきをしている。眼差しが強烈だ。

グレッグは時間稼ぎをした。この男の顔を見たことがある、だがどこで？　毎年、千もの顔と名前が入ってては出てゆく。

ムーアは気が急いているらしく興奮気味に話す。「彼女を殺しました、わたしが彼女を殺したんです。彼女は喉が真っ白で、とても美しかった。どうしてあんなことになったか自分でもわかりません。

彼女の喉は——触ると滑らかで真っ白で……」

そこでグレッグは思い出した。「彼女は喉が真っ白で……」四年前だった。シューメラー事件だ。

「ミスター・ムーア、お越しいただき感謝します。もう帰っていただきます。何かありましたらご連絡しますので」グレッグは素っ気なく言った。

ムーアが驚きの表情を浮かべる。「まさか——そんなことはさせない。ぼくは彼女を殺した——たったひとりで。単独犯だ。共犯がいると思ったんだろう」

「何かあったら連絡します」グレッグが繰り返す。

ムーアが立ち上がる。「いや、駄目だ。前にもこんな仕打ちをした。二度とその手は食わない」

グレッグはムーアの腕をつかんでドアまで歩かせ廊下に出した。ムーアが叫ぶ。「いいか、よく聞くんだ。彼女の喉が——」

ニューズ紙のマクタミッシュが通りかかる。「何て警察署だ。自白に耳を貸さないとは」

「わたしにはどうしようもなかった。彼女はわたしの腕の中に身を委ねた。わたしはずっと彼女を抱いていました」

グレッグは警官に指示してムーアを帰らせた。殺人課に戻るグレッグの背後からムーアの言葉が聞こえてくる。「彼女はとても美しかった。彼女の喉は……」

グレッグは殺人課の若い刑事に話した。「シューメラー事件では、奴が変質者だとわかるまで数日無駄にしたんだ」

エヴァンズ宛、と印のついたフォルダーをビル・エーカーズのデスクの上から取る。中にあったのは、警察からの質問に対するＦＢＩの回答である、二枚のテレタイプ通信だった。一枚目は、ホーギーに四十万ドル流した正体不明の現金強奪者ザンプに関するもので、こう記されていた。**「ザンプという人物に該当者なし」**

二枚目はホーギーの犯罪歴の有無の照会結果だ。報告内容は以下の通り。**「エドワード・オステン・アンダーソン。一九〇五年四月二七日、カンザス州ドッジシティー生まれ。六フィート五インチ、二三〇ポンド、髪の色ダークブラウン、瞳はブラウン、血色の良い顔、逮捕時の職業、証券ブローカー。肘の外側と左手人差し指の根元に傷。犯罪歴：一九四六年一月四日、オハイオ州コロンバスにおいて殺人容疑。一九四六年一月二四日証拠不十分につき棄却」**

下部にビルの書き込みがある。「コロンバスに詳細情報依頼中」

ファイルには課内の刑事からのメモも数枚含まれている。そのひとつで明らかになったのは、かつてジャンの恋人で、現在コーキィのボーイフレンドであるミック・フォスターを、ティンバー湖のログキャンプまで尾行したこと。恐らく大学に戻ろうとしてキャンプを後にした彼の、現在の所在地は不明。

もうひとつのメモはジャンとコーキィの「メールカバー（反逆罪などの疑いのある個人・団体・企業宛の郵便物の差出人の氏名・住所・発信地・日付などを記録する制度。現在はほとんど行なわれない）」に関するもので、二日前にリトル・ベアの消印でコーキィ・ローガンの署名のハガキが届いた、というものだった。他には請求書が三通、広告四通、雑誌数冊。

ビルの書き込みでさらにわかったことがある。ゲール・ロバーツの母親から電話があり、娘から二通手紙が届いたとのことだった。コーキィと一緒にある場所を発った。次の場所に着いたらまた伝えるという内容だったそうだ。

エレン・マーシャルのアパートで殴りかかってきたジョージ・ピアソンに関する報告をグレッグは

期待していたが、手がかりを探っている警官から連絡はなかった。

ジョー・パッカーがやってきて、ホーギーの銀行口座を確認し終わったと言った。「取引があった時期の預金からすると——奴は一五パーセントしか手に入れていないと言っていいだろう」

「それは驚いた」グレッグが言う。

「裏がありそうだ」ジョーが言い足す。

ジョーの言う通りだ。裏がありそうだ。もしマローンが八五パーセント取っていたら……

グレッグは部屋を出るとドアに画鋲で留めてある監視表を見つめた。特定の人物だけの見張りとなっている——丸一日張りつく代わりだ——対象者はホーギー・アンダーソン、不動産屋ウィリアム・ブラー、レスラーのパンサー・ウィルソン、科学者ドクター・C・オックスフォード・ジョーンズ。

ビルのぼやき声が聞こえる。「納税者はそれなりにしか稼げないということか」

第十八章

うたた寝しているジョージ・ベンソンを驚かしてしまったとグレッグは気づいた。テック9では少女が話している。「……毛糸屋さんに入るたびに、自分がタコだったら良かったのにって思うの。だって同時にいくつもの服を編めるでしょう」

そしてテック7では「……それから砂糖を茶さじ二杯と半カップの小麦粉を加えて混ぜます」

「大学の授業だ」ジョージが言う。小児麻痺《ポリオ》のジョーンにはわずかだが回復の可能性がある、と報告してくれた。

グレッグは「良かった」と言い、人間の感情に比べて言葉はなんて弱いのだろう、と思い知った。

「パンサー・ウィルソンが通話していた。テープを切ってあんたのデスクに置いておいたよ。あと数分もすれば、ホーギーがマローンと話し始めるはずだ。ホーギーは一時間前に電話をかけてきたが、マローンは電話口に出られなかったんだ。医師が彼の母親と一緒にいたから。どうやら母親は臀部骨折らしい」

「通話が始まったら必ず呼んでくれよ、ジョージ」

グレッグは自分のオフィスですべてのテープを巻き直して、慎重に聞いた。盗聴器からこぼれ出る言葉から、マルモの正体やコーキィの行方がわかるかもしれない。その信念が次第に強くなる。話した内容からではなく、話していない内容から何かがわかるかもしれない。彼らが隠蔽しようとしている中にあるのだろう。時として会話の間《ま》が雄弁に物語る場合もある。

パンサー・ウィルソンが正体不明の男性と話している。記録によると、通話は午前一一時三一分。

「もしもし」

「ニッキーか？　古くからの友達《ダチ》のパンサーだ」

「やあ、パンサー。何かあったか？」

「パンサートランクスを作った──本物のパンサーの毛皮さ」

「そりゃ見たいもんだ。そういやパンサー、あんたが病院で子供たちのためにピエロの役をしてくれたって、ベティーはいまだに話しているぞ」

「子供たちよりおれのほうが元気をもらったよ。それはそうと、電話したのは警官がジャンについて訊き込みに来たと伝えるためさ」

「奴は何を知りたがった？」

「さあな、とっとと出てけって言ってやったさ」

その後の間《ま》は意味深だった。それから「それはまずいことをしたな、パンサー」

「なぜだい？　おれはてっきり、奴らが何かつかんだら、あんたをつかまえに行くだろう、と思ったのさ。何も知らなけりゃ、手も足も出ねえ。なんで警察にへいこらしなきゃならねえんだ？」

「おまえがそんなに警察嫌いだとは、いままで知らなかったよ」

「ほう！」再生機から轟く笑い声に室内の全員が身震いした。

「奴はあのアマっこの妹の居場所を知りたがっていた。だからおれはいつだってハガキをポケットに入れているってわけさ」

「心配しているのか？」

「いや。ベティーは元気かい？」

「じき赤ん坊が生まれる」

「本当の話か？」

「そうだ」

「じゃあ、生まれる子が父親に似なけりゃいいが、と彼女に伝えておいてくれ」

その後の話は、ほとんどが戯れ言だった。パンサーは、試合のチケット二枚を切符売り場に取っておく、と約束して電話を切った。殺人課が追跡しやすい手がかりだ。

他の盗聴器の午前中の分のタイプ済の記録にざっと目を通し、めぼしいものがないと判断するとグレッグは盗聴室に戻った。テック66のそばにある、背もたれがまっすぐの椅子を引いた。

ジョージが言う。「あんたのダチに、ここへサインしてもらったらどうだい」

彼から新聞に載っているパンサーの写真を手渡される。グレッグは笑ってくずかごに投げ捨てた。

その時、電話をかける音がした。すばやいかけ方だ。マローンのテック66とホーギーのテック22から同時に聞こえたので、混乱を避けるために22は遮断した。

「少し耳に入れたいことがあるんだ、ブリッツ」

「そりゃいい」

「警察署の兄ちゃんが娘について訊きまわっているぞ。エヴァンズという名だ」

「なぜそいつがおまえと話したんだ？」

「心配するな、ブリッツ。大丈夫だ。彼女を知っている人物全員と会っているんだ。おれは彼女とは数回飲んで何度かデートした。彼のほうから来てくれて助かったよ。直接話す機会を与えてくれたからな」

「そりゃ良かった」

「あんたが思うようなへまはしていないよ、ブリッツ」

「おまえは決してへまなどしないさ――考えて行動してる時は」

「もうひとつあるんだ――彼女が殺された、と警察は知っている」

「それは想定内だ」

「新聞によると、たれ込み屋からの情報だそうだ」

「何で他人にばれたんだ?」

「誰にもばれねえはずなんだが。新聞にはそう書いてあるって話だ。マクタミッシュが今夜の放送で真相を暴露するらしい」

「奴らから聞いたのか?」

ホーギーのためらいは著しかった。それからゆっくりと言った。「奴らは彼女の行方を知らない。だが彼女の行方を知る人物を把握している」

受話器を置く音がした後、グレッグは自分のオフィスに戻った。途方に暮れて座っていると、数分して電話が鳴った。盗聴担当のターミーからの報告で、リード線――エレン・マーシャルのリビングで見つけたマイク――が二ドア先の部屋に繋がっていたとのことだった。

「部屋を借りている人物の名前はジョージ・ピアソン、あんたが殴った男だよ。一月前から借りている――一年契約だ。ピアソンを洗ってみた」

グレッグが言う。「それで？」

ターミーは続けた。「奴は私立探偵だ――ワカー・ビルディングにオフィスがある。二一八号室。依頼人はハリー・マローンだ」

「どうやって探ったんだ？」

ターミーが笑ったのでグレッグは深追いしなかった。ブラッド・ランカスターの許可なくターミーはピアソンのリード線を切った。わざわざ接続しなくても電話を誘導できたのだろう、誰も疑わないような小さな装置で盗聴ができる。

ターミーが続ける。「ピアソンは新しい機器を使っていた。自動テープレコーダーだ。奴は一日に一回テープを替えに来る必要がある」

ターミーからの電話を切ると、すぐさま電話のベルが鳴った。署内の交換から電話が転送される。男性の声がした。ドクター・ジョーンズに訊き込みをした日に対応してくれたフロント係だ。

彼が上ずった声で言う。「ああ、ミスター・エヴァンズ、こんなことをしてはどうかと思ったのですが――いや本当に。支配人に知られたら首になりかねませんし――」

グレッグが割り込む。「極秘に処理するようにしますから」

「それならありがたい――あなたは信頼できる人ですね。実はドクター・C・オックスフォード・ジョーンズについてなのですが――科学者の――ロビーで話していましたよね」

「ドクター・ジョーンズがどうかしましたか？」

「妙なことが起こりましてね。あなたが帰った後、ドクターは部屋に戻られましたが、その三十分後に来て、出てゆく——チェックアウトする、とおっしゃったんです。すでに荷造りを終えられていて、わたしが郵便物はどちらに転送しますかと伺いましたら、ドクターは独特な、実に独特な目つきでわたしを見ました。そしてそのうち知らせる、とおっしゃいました。

昼食時に——本当は規則違反なのですが——でも卵サンドをつまむくらいですから、何しろルースが——妻ですが——寝坊したので。とにかく、その時に階段を上って——エレベーターボーイに知られたくなかったものですから——ドクターの部屋に行ったら、室内はめちゃくちゃ、そりゃもうひどい有り様でした」

グレッグは尋ねた。「ドクター・ジョーンズの荷物は多かったですか?」

「スーツケース三個と薄い幅広のトランクひとつでした」

「運送業者を呼びましたか?」

「いいえ、タクシーを使いました」

そしてドクター・ジョーンズがホテルに滞在していた期間も確認した。

グレッグは質問を終えると、殺人課へ電話した。先日特定人物としてドクター・ジョーンズを尾行していたら、その日の午前中に複数の男性によるナイフを使っての殺傷事件がイーストサイドで起きた、と知った。

グレッグは続いて大学職員から話を聞いた。ドクター・ジョーンズは核物理学者として、今年の六月一日まで平時核使用について教鞭を取っていた。ドクターが言っていたような極秘でもなければ重要でもない内容だが、誰だって大げさに言うことはある。工業化、都会化された時代では給与台帳に載るひとりにすぎないという感情を押し隠して、人間は自らの重要性を正当化しなければならない。

ドクターの同僚からの評判は、科学者としても個人としても、おおむね良好だ。経歴にはエジンバラ大で学位取得とある。

グレッグはドクター・ジョーンズの履歴書の写しと共に、添付されている写真も送ってくれるよう、人事課に頼んだ。

第十九章

グレッグたちは薄暗いジム内をゆっくり歩き、熱いライトが照らされている場所へと向かった。四隅に支柱のあるリングが、アーク灯の白いスポットライトに浮かび上がる。白ペンキで塗られた椅子が列になっている様子は、墓地を思わせる。

グレッグは両腕をぶらぶらと揺らした。ジョーがガムをさらに強く噛む。

トランクス姿のパンサーがリングサイドでロープをすばやく着て、彼らのほうを見た。視線を逸らさない。グレッグたちは二方向から近づいて、ちょうど三角形のようになった。パンサーは午後のトレーニングが終わってリングから降りたばかりで、息が荒かった。

ちょうどその時、相手のレスラーや取り巻きがリングから降りて静寂が訪れた。グレッグが落ち着いた様子で切り出す。「パンサー、ジョー・パッカーを紹介するよ。おれの同僚だ」

パンサーはジョーをちらりと見ただけで、意に介さなかった。

「彼からいくつか質問がある」

ジョーが言う。「座って話せないか？　すぐに済む」

「ショートストップ！」

パンサーが叫ぶと白髪交じりの男性が不意に現れた。「ショートストップ、今夜の試合まで神経がもちそうにない――少しひとりにしてくれないか」

「そうかっかするな、パンサー――頼むよ」

ショートストップがジョーに言う。「すいませんが旦那、帰ってくれますか?」

ジョーは激しく抗議した。彼が熱演で注意を引きつけている内に、グレッグはパンサーに気づかれないように、その場を離れた。

薄暗がりに身を隠し、空いた席の列を最短距離で進む。ドアを数えながら、かろうじて裸電球がひとつ灯る暗い廊下を歩いてゆく。

しばらくしてグレッグはパンサーの控室に入ると、静かにドアを閉めた。ペンシルライトを使って狭い室内を眺める。パンサーの服がきちんとハンガーに掛けられて、シェービングミラーのひびの入った場所に引っかかっている。グレッグはコートの内ポケットに手を入れ、輪ゴムで留めてある封筒と紙の束を取り出した。調べている内にハガキが床に落ちた。ペンシルライトを頼りに見てみるとメアリー湖の消印で、以下のような文面だった。「こんにちは、パンサー――とっても楽しいけどここは満室だったわ。スリー・C・デュード牧場に行くつもりよ。元気でね。コーキィ」

手紙の束を内ポケットに戻している時に廊下で足を引きずるような音がしたためグレッグはペンシルライトを消した。頭上の灯りが点き、ドア口にマッサージ師が立っていた。

「失礼」グレッグは言いながら彼を押しのけて出た。広い歩幅で廊下を進む後を、マッサージ師が足を引きずってくる。

グレッグはまだ言い合いをしているジョーのもとに戻って言った。「ジョー、そのくらいにしておけ。相手が困っている」

ジョーと共に立ち去りながらグレッグが振り返ると、パンサーがこちらを見ていた。その顔には、してやられた、と書いてある。何をされたかわからないながらも、気に入らない様子だ。

第二十章

ゲールはポーチの椅子に座りながら、真っ赤な夕日が落ちるのを見ていた。気温は高いが乾燥した潮風が東からそよぐなか、日が暮れようとしている。彼女は立ち上がり、囲い柵の中を心配そうに見た。カウボーイが馬から下りようとしている人を助けている。残念、コーキィならひとりで降りられる。

牧場で働く女性がこちらに急いでやってくるのが見える。五フィートほどの小柄だが二百ポンドは優にありそうだ。息を切らしてそばに来た。「ミス・ローガンに電話が入っています」

ゲールは言った。「彼女はいま乗馬中なんです。もう帰って来て良い頃なんですが」

女性は「どうもありがとう」と言って急いで戻った。

きっとジャンだ、とゲールは思った。囲い柵に向かってゆっくり歩いてゆく。午後の乗馬客が戻り始めている。アバークロンビー（1706-81）スコットランド生まれの英国の軍人。アメリカ大陸におけるフレンチ・インディアン戦争で英軍司令官）たちが強張った足で辛そうにこちらへ向かって歩いてくる。

先ほどの女性に大声で名前を呼ばれ、ゲールは手を振ってそちらに行くと伝えた。シャツの裾がジーンズからはみ出るのも構わず、きびきびした足取りで向かう。

「お嬢さん」入り口の階段の上から女性が言う。「ミス・ローガンがいないなら、あなたと話したい、と言っているわ」

壁掛け式の電話は彼女には高すぎる場所にあった。背伸びして受話器を取ると、男性が歯切れのよい早口で言った。「ミス・ゲール・ロバーツですね？」

「そうですが？」

男性が名乗ると、その〈警察〉という言葉にゲールの鼓動が速まった。

「悪い知らせがあります。ジャン・ローガンが月曜の夜に溺死しました。遺体がサンディービーチに打ち上げられていました」警官が言う。

ゲールは言葉を発したが、何を言っているのか自分でわからなかった。警官はさらに早口で話すが、話についていけない。どうしても駄目だ。彼女は壁にもたれた。頭がずきずきして喉が渇く。

「ご理解いただけましたか」

「はい」ゲールは言った。コーキィはいま危険な状態にあるので、警察が行くまで彼女と一緒にロッジの広間に留まること。その間、誰とも話さず、どこへも行かない。誰に声をかけられても何が起きても。

警官が別れの挨拶をして電話を切って初めて、コーキィについて警官に話さなかったと気づいた。ゲールは慌ててドアの外に出て階段を下り、よろけそうになるのをこらえて砂利敷きの中庭を進む。

カウボーイが斑《ぶち》の雌馬のサドルを外そうとしている。

「乗りたいので付けてくれませんか？」ゲールは頼んだ。

「もう日が暮れますよ」カウボーイが言う。

「友人が――危険な状態なんです。お願い――一緒に来てくれませんか？」

彼は肩をすくめて馬のサドルを付け始めた。この手の若者は何につけてもおおげさだ。

ゲールはじりじりしながら日暮れの中で目を凝らすと、ひとりで山の上からこちらに向かってくるコーキィを見つけた。

第二十一章

グレッグがマルモのアパートの隣の部屋についた時、ジョー・パッカーがキッチンから出てきた。シャツの袖を上げ、襟を開けてネクタイを緩めた姿で、片手で危なっかしくマグカップを持ち、湯気の立つコーヒーを飲んでいる。

「飲むかい？」

「いまはいい」

ジョーはカップをやたらと上に掲げながら言った。「オールド66で新たな殺人が傍受された」

コーヒーが少しこぼれた。

「新しい情報は？」グレッグはいまは真っ暗になっている〝窓〟を指しながら尋ねた。

「何も。彼女は三十分前に荷物を持ってきたが、すぐに奥のほうに行ってしまった」ジョーは腕時計を耳に当てて、カチカチ鳴っているのを確認すると満足げだった。

彼が微笑みながら続ける。「ショータイムまで十分ほどだ。前回の監視任務よりましだといいが。ふたりはずっと座ったままマ・フェンについて夜中まで話していた。もちろん一般人はマ・フェンが何者か恐らく知るまい。世の中の悪いところだ――無知というのは」

〝窓〟が明るくなったので、彼らは監視するために近づいた。エレン・マーシャルはスリムな黒のカプリパンツとシンプルな白いブラウスを着ている。レコードプレーヤーのキャビネットに行き、一度選んだレコードを戻したりしながら、入念に数枚選んだ。

音楽が鳴り響き鼓膜が破れそうになったので、グレッグは装置のボリュームを下げた。

「何もレコードプレーヤーのそばに盗聴マイクをつけなくても良かったのに」ジョーが言う。

エレンが鏡の前で髪と化粧をすばやくチェックする。グレッグには彼女の息遣いが聞こえてきそうだった。彼女が触れている唇は、ほんの数インチのところにある。唇の端は下がり、彼女が生き生きしている時の表情が消えていて暗い印象だ。多くの女性がそうだ、とグレッグは思った。躍動している時にのみ女性は美しい。

彼女がファッション誌のページを退屈そうにめくっているうちに、マローンがやってきた。ジョーが記録書を取って書きつける。「マーシャルのアパートにマローン着。午後一一時四一分」

「来てくれて嬉しいわ、ブリッツ」彼女が囁き、キスをする。

「長居はできない」

エレンは彼の帽子を取ってテーブルに置くと、寝椅子に座る彼の隣に腰を降ろし、彼の手を取って両手で包んだ。

「お母様のお加減は?」彼女が尋ねる。

「あまり良くない。ひどく辛そうだ。歳が歳だから——心配だよ、マーシュ」

彼女はタバコを喫おうとする彼のために、マッチに火を点けて捧げ持った。「お見舞いに行ければいいのだけど」

即座にマローンが答える。「母がどう思うか想像がついて……」

「続けて」エレンが冷ややかに言う。「最後まで言ってよ。どう思っているの——わたしのことを」

「頼むよ、マーシュ。今夜は勘弁してくれ」

彼女が立ち上がって反対側の壁際に行き、長方形のパネルを引き出すと、バーカウンターが現れた。彼女が飲み物を作っている間マローンは見守っていた。「服を着ているのにこんなに裸のように見える女は初めてだ」

エレンは嬉しそうに彼にグラスを渡した。「そんなこと言ってくれるのは本当に久しぶりね」

「おまけに、これほどうまいマティーニを作る人間にいままで会ったことがない」

マローンは満足げに背を預けた。「今日ホーギーと話した」

グレッグがカメラマンに合図すると、部屋の中で、映写機の歯車の回る音がし始めた。

「いつものホーギーね」彼女はつぶやき、腕を彼の首に回して彼の肩に頭を預けた。

「彼はザンプと呼ばれている男の話をした。おれはその男を思い出せない」

「ザンプ！　マローン、あなた彼を知っているわ。司祭よ！」

彼の目が輝く。「ははん、もちろん司祭は知っているさ。ベネズエラの取引を一緒にやったからな。ホーギーが奴を司祭と呼んでいたら——わかったのに」

「あなたとシカゴに戻れたらいいな。あの頃は楽しかった」エレンがうっとりと言う。

マローンの様子が急変する。「マーシュ、前にも言ったはずだが、この際はっきり言っておく。金輪際シカゴの話はするな」

彼女だって古傷が痛むはずだ。彼は続けた。「理由を聞かせてやりたいとは思っている。おれだって辛いんだ」

反抗するようにエレンは頭を振った。

「あなたは負け知らずだと皆に思われたいのよ。昔の話をする気にもならないのね」

彼女が低い声で笑う。「寒さしのぎに、ボール紙を靴の中に敷いていた頃のあなたをよく覚えているわ」

「マーシュ！　言ったろう。おれは本気だ」怒りが駆け巡る。

エレンはタバコを探しに立った。「わかっているわ。いまじゃわたしたち大物ですものね」

「そういう意味じゃない。わかるだろう」

「あなたは大物よ。ザ・ロウの有力者だわ。でもわたしは違う」

彼女はためらってからゆっくり言った。「わたしには、自分のものと言えるものがない」

マローンが寝椅子の端に移る。「おまえは何だって手に入る。わかるだろう」

「じゃあ、キャデラックは――」

「言っただろう。噂の種になる」

「ああ、そうね――それに五千ドルだし……。角の向こうに痙性麻痺にかかった子供たちのための施設があるの。ねえブリッツ、そこに千ドル寄付したいんだけれど」

彼が立ち上がる。「何を考えているんだ？　寄付できるほど稼いではいない。言っただろう――」

「先月あなたはポーカーで二千ドルすったわね。自分でそう言っていたじゃない」

マローンは肩をすくめ、寝椅子に深く座った。「シカゴに戻るべきかもしれないよ、マーシュ、そして思い出に浸るんだ。きみはここで幸せをつかめそうにない」

エレンは彼を見つめたまま静かに佇んでいる。「わたしが必要ないなら、そう言って」

マローンは何も言わない。

「お代りは？」彼女は自分のグラスに飲み物を入れながら声をかけた。彼は首を横に振る。

「わたしに義理を感じるんでしょう？　それだけのことよね。まるであなたの叔母さんか何かみたい」

マローンは冷静だ。「マーシュ、そのほうがお互いのためにいいかもしれない」

彼女が叫ぶ。「あなたは決してわたしを手放しはしないわ」

「マーシュ、頼む！　外に聞こえる」

「構うもんですか」彼女は弱々しく言って、寝椅子にくずおれた。

マローンが腕時計に目をやる。

「いいかい？」彼は声をかけてラジオに向かった。周波数をマクタミッシュの深夜ニュースに合わせる。エレンはハンカチをもてあそびながら静かに座ったまま、目を上げようとしない。

番組が終わると彼女はラジオを消した。「ごめんなさい、マローン。わたし息が詰まりそう……ここに閉じ込められているようで」

「わかるよ、エレン」

「でも、率直に訊くけれど、ブリッツ、お金はあなたに何をしてくれるの？」

マローンは深呼吸した。「何かしら、をだよ、自分でもわからない。子供の時はひもじかった。今に金持ちになって……」

彼がエレンを引き寄せる。「マーシュ、それじゃわからないか。自分でもそう思う。でもマディソンで――どや街で終わりはしないかと怖かったんだ」

エレンは一瞬鋭い眼差しで彼を見ると、ようやく目元に笑みを浮かべた。そして両手で彼の頭を包み優しくキスをした。彼が彼女をきつく抱きしめたので、彼女はあえいだ。「ブリッツ、痛いわ」

エレンは彼に泊まるようせがんだが、彼はその後間もなく帰った。玄関口から戻ってきた彼女の顔からは生気が抜けていた。タバコを強く押しつぶして火を消し、灯りを消して部屋から立ち去った。

「悪くない」

ジョーと共に〝窓〟から離れてグレッグが言う。「この状態が続いてほしいとは思わないが」

彼は記録を見て言った。「ザンプが司祭と呼ばれていることも、マローンが自分の金に厳しいこともわれわれは把握している。彼はエレンと喜んで別れるはずだ。彼女はそれに感づいて気が動転しているんだ。かつては威力のあった女という武器を、もう使えないのを悟っているのだろう。彼の母親と確執か何かあるのだ」

彼らはまた、マローンの喫うタバコの銘柄、好きな酒、実によくマクタミッシュのニュース番組を聞いていることを把握していた。

ジョーとアパートを出る前に、グレッグは殺人課に電話を入れると、うだつの上がらない刑事がいつになくきびきびと応対したので、ポーカーの最中だったとわかった。刑事の報告では、ハイウェイパトロールがミス・コーキィ・ローガンとミス・ゲール・ロバーツの身柄を署に確保して、二時間調書を取ったとのことだ。その後、殺人課はふたりを警察車輛でミス・ローガンのアパートに送ったという。ミス・ロバーツはコーキィに付き添って泊まることに同意してくれた。さらに殺人課は警官や刑事をアパート警護に配属した。

もしグレッグが目を通したいなら、聞き取り調書は明日午前九時には確認できる。目新しい内容は期待できない。姉が殺害された理由も、自分の命が狙われている理由も、ミス・コーキィ・ローガンには思い当たる節がなかった、と報告にあった。

「でも彼女は大丈夫です」刑事は言った。つまり意図的に話さないでいるのではなさそうだ、という意味だ。

第二十二章

翌朝七時に目覚ましの音でグレッグはベッドから出た。シャワーを浴び、ミスター・アダムに餌をやり、いつものようにニューズ紙を読みながら熱々のコーヒーを五分で飲む。マクタミッシュの面白くてたまらない署名記事を見つけた。彼は平凡な話を生き生きと書く技があり、心の内を打ち明けさせる才能がある。

家を出る前に盗聴室に電話をした。オールド66は二十四時間近く静かなままらしい。

コーキィ・ローガンの住むアパートに向かって運転していると、朝だというのにグレッグは汗ばんできた。この道を前回通った時を思った。ビーチで発見された女性の身元を確認しようとして来たのだ。

アパートの前で駐車すると、脇道と入口の反対側に無線車が止まっていた。二階の廊下を進んでゆくと、ドアを開ける音がして、殺人課の者が監視しているとわかった。コーキィは新聞のいうところの〝最高レベルの警護〟を受けている。そのありがちな表現で誰もが安心するのだ——警察は別として。ドラゴナでの強盗事件で家の外に三人の警官が見張っていながら、鍵となる目撃者が就寝中に銃撃されたことや、ハッチンズのギャング事件で、警察の非常線内で容疑者自身が殺害されたことを、今日見張っている刑事全員が記憶しているはずだ。一、二分の内にも強奪は起き、もし犯人が準備できていたら、後をつけている相手を殺すことも可能なのだ。

それでも警察には勝ち目がある、とグレッグは思った。強盗がいるかもしれないが、彼らの逃げ道には隙がある。すべての条件が揃ったと思い込み、うまく逃げおおせるのを待つのみの殺人犯にとって、それは長たらしくて腹立たしい追跡だ。忍耐もしくは決断力のある殺人犯などほとんどいない。

ドアをノックすると、中で物音がしてゲール・ロバーツがドアを開けてくれた。

「わたしはグレッグ・エヴァンズ――警察の者です」彼は言った。

「いまでなきゃ駄目ですか？　彼女は疲れ切っているの」

「すみません」と言いながら彼は中に入った。室内には学生ふたりと年配女性、そしてパンサー・ウィルソンがいて、混雑していた。グレッグは数分コーキィとふたりだけにしてほしい、と彼らに頼んだ。

パンサーは兄のようにコーキィに片腕を回して寄り添っていた。

「外に行かないと」感情たっぷりに言う。「必要な時にはいつもパンサー兄貴がいるからな」彼はコーキィの髪にキスし、部屋を出る時グレッグから目を逸らした。

コーキィが静かに言う。「座らないんですか？」

その瞬間、グレッグは彼女を好ましく思った。

彼女は肘掛椅子に沈み込むように座り、靴を蹴るようにして脱ぐと脚を尻の下に折りこんだ。グレッグはパンダのぬいぐるみを脇に寄せて寝椅子に座った。

ゲールがドア口に向かう。「ちょっとタバコを喫ってくる。わたしはコーキィと数日ここにいますから」

室内は柔らかな淡い色調と、きちんとした現代的要素が混ざっている。壁はブルーのハワイアンプリントで、凝った造りのランプがある。昨夜から部屋の隅に旅行用トランクがふたつ、開いたまま置きっぱなしだ。ジャンとコーキィのカラー写真が、カクテルテーブルに立てかけてある。少なくとも二、三年前に写したもので、ジャンは黒髪と黒い瞳が魅力的だ。二、三年前……。

コーキィが髪を後ろに払った。グレッグは彼女が両手を拳に固めているのに気づいた。何でも訊いて、とでもいうように彼女が頷く。

「昨晩も警官から事情聴取を受けたと思いますが――今朝、何か思い出しましたか」

「いいえ――思い出そうとするけど――何も浮かばない。姉――姉とはとても仲が良かったんです」

コーキィは必死で涙を堪えた。「警官にひどい質問をされたわ……」

「ミス・ローガン、警官は毎日事件漬けなので人の気持ちがわからないところがある――それにわれわれの仕事では、世間は美しいとは言えない」

彼女は頭を椅子の背に預けて目を閉じた。努めて深い呼吸をしている。

グレッグは続けた。「ときどき身内の人たちは隠す傾向があるもので――でも何かありましたら――」

彼はそういった状況を何度も見てきた――善良な人々は警察に重要な事実を打ち明けたがらない。一家の秘密を暴露するより、むしろ罪が罰せられないままにして、しばしば自らの命を危うくする。

「何もないわ」コーキィはぼうぜんとしている。

彼は食い下がった。「少なくともわれわれに情報を漏らさないよう、殺人犯はあなたの口封じを目論んでいるかもしれません。あなたがいる限り、犯人は気が休まらないのは確かです」

コーキィの瞳に熱が帯びる。「ジャンはすばらしい姉でした……」

彼女は窓の外の木にリスが走り回るのを見た。「あれはモンキーフェイスよ。姉が名づけたの」

グレッグは意を決した。「内密に二、三訊きたいことがあります」

彼女が頷く。

「ハリー・マローンという名の人物をご存じですか？　証券会社を営んでいます」

コーキィが興味深そうに彼を見る。「いいえ」少し考えてから彼女は答えた。

「エレン・マーシャルは？」再び首を横に振る。「エド・アンダーソンは？　彼のニックネームは――ホーギーです」

「その人たちを知っていないと変ですか？」彼女が尋ねる。

「お姉さんがその人たちについて話しているのを、聞いたことがあるかもしれない、と思ったものですから」

「心当たりがありません」

グレッグが彼女のボーイフレンド、ミック・フォスターの所在について訊くと、じきに来ると思う、と前日の夜、警官にしたのと同じ答えを彼女はした。科学者のドクター・ジョーンズから何か話があると思いますか――彼が立ち去ったのをコーキィはまだ知らされていない――と彼は尋ねた。彼はジャンの親しい友達だったので、そのうち何かあるでしょう、と彼女は答えた。

「ふたりは婚約同然でした」コーキィが言う。

グレッグは殺人課の警官がしたのとは違う側面から質問した――ジャンの習慣を訊いて詳細がわかったのだが、ジャンは週に二、三度、夕方になるとビーチへ散歩に行ったという。日没一時間前に行き、日暮れに帰宅して夜に向けて気持ちを切り替えていた。

コーキィは言った。「この一週間ほど姉は気がそぞろでした」

喉から悲しみを吐き出そうとしているかのようだ。「姉はひどく動揺していました。理由はわかりませんが」

「一日ごとに思い出してみたら……いかがですか？」

彼女は話し始めた。ドクター・ジョーンズが日曜日の夜、食事に来た。土曜日には姉妹でビーチに行った。その前の水曜日にはビクター・マチュア主演の映画を見に行った。

「ああ」何か思い出したのか、彼女は驚いたような声を上げた。

「何か？」

先週の金曜日に〈カプリ〉というイタリアンレストランで、ジャンの売上達成のお祝いをしたのだが、その時のジャンは不安定でどうかしていた。コーキィが尋ねても、〝神経過敏〟のせいだと言うばかりだった。

「その前日は――姉の誕生日でしたが、その時には何ともありませんでした。わたしがケーキを作ったんです――アイシングで飾って……」

グレッグは成果があったと感じつつ立ち上がった。入手した情報は捜査の役に立つかもしれない。

「ご協力に感謝します」

コーキィは靴を脱いだままドア口まで彼を送った。「あなたはとても親切ね」

グレッグは一階に下りるとアパートの管理人の部屋に立ち寄った。彼女はブルーのホルターネック・トップスとお揃いのショーツ姿だ。

「少しお話を聞かせていただけませんか？」グレッグが尋ねる。

「入って。名前はエヴァンズよね？」彼女は陽気に言った。

ふたりは向かい合って座った。彼女は日に晒したことのなさそうな脚を組んだ。靴ひもを直すために前屈みになり、ホルター──の胸元が揺れる。

「〈マック〉に来てもらった日は失礼しちゃったわね」彼女は言った。

「とんでもない」

「四旬節（キリスト教で、復活祭の前日までの四十日間を指す）には〈マック〉を辞めようと思っているの」

「ずいぶん先の話ですね」

「わたしの悔い改めはね──誰かの受け売りだけれど──誰だか忘れちゃった──決断するのが大切だ、それがはるか先であっても……。飲み物はいかが？」彼女が笑う。

「お構いなく」

「コーキィは素敵でしょ？　きっとシェリー・アンド・ブラウニング出身よね。わたしも住んでいたことがあるの」彼女は不機嫌になった。「長生きしすぎるのが悪いのよね」

「どうでしょう。ただこのようにあなたを困らせてしまうのは避けたいんです──辺り一面に刑事がいて……」

「困ってなどいないわ。あなたの好きな時に訊いて」

「感謝します」

「意見が一致したわね。で、あなたは何か訊きたいんでしょう？　知らない連中が来るのは好きじゃないの。午前中の警官たちといったら──ぞっとする」

「それでは失礼します、ミス・バンカー。コーキィの部屋の向かいのアパートを使わせてもらえて助かります」彼は玄関に向かった。

車に乗ったグレッグは、何回殺人犯と会ったのだろう、と思った。数日中にブラッドが容疑者を浮かび上がらせるはずだ——次に殺人が起きたら、その情報を元に捜査することになる。二百万都市で、死に怯えている人すべてを警備するのはブラッドでも難しい。

第二十三章

グレッグはニューズ新聞社に行き、居合わせたマクタミッシュと少し言葉を交わしただけで、無駄骨を折ったとわかった。社会部のデスクに文句を言いに来社したとマクタミッシュが思っているようだったので、そう思わせておいた。

グレッグはカウンターにいる係の少年に、この一カ月に発行された新聞の閲覧を頼んだ。ページをめくっていき金曜日まで遡った時に、探していた記事が見つかった。見出しが目に飛び込んでくる。

銀行の現金輸送車運転手が殺され、六万ドル強奪される

次のような記事だ。

本日午後一時過ぎ、オールドブラッケンシップ通りでファースト・ナショナル・バンクの現金輸送車運転手マサイアス・P・ブラック六十三歳が銃殺され、六万ドルが奪われた。

犯人から四五口径で至近距離で三発撃たれ、弾は胸郭に達した。

被害者を発見したのは、街までドライブに来ていた、ミッション地区で農業を営むベン・サック

夫妻だった。現場に着く少し前に一台の車とすれ違ったが細かくは覚えていない、と保安官代理に証言した。

銀行員の話では、被害者ブラックはノースポートの〈サム・スーパーマーケット〉に六万ドルを輸送していた。その店舗では、最近建設された航空機製造工場の労働者のために、毎金曜日に給与小切手を現金化しているらしい。ノースポートには銀行がない。

検死した結果、被害者は犯人に抵抗した、というのが保安官代理の見解だ。被害者は現金の入ったバッグに鍵をかけて一九五二年型セダンのトランクに入れていた。トランクの鍵は銃で破壊されている。

グレッグはその記事を数回読むと、係に礼を言って立ち去った。殺人課で、現金輸送車襲撃事件に関わったふたりの刑事に話を聞いた。彼らは〝捜査〟して〝現場検証〟を行った。手がかりなし、容疑者なし。刑事たちはファースト・ナショナル・バンクから紙幣の通し番号を得ていた。それは現金を輸送者に渡す際に常に行われているものだった。通し番号は州内及び近隣六州のすべての銀行に一斉連絡された。

事件を検証したところ、ブラックは故意に車を止められたとわかった。何者かがハイウェイに横たわって死んだふりをしていたか、道路作業者を装って一旦停止の表示を掲げたのだろう。さもなければ、ベテラン輸送者だったブラックが車を停めるはずがなかった。その後に何が起こったかは歴然としている。襲撃者たちは――単独犯かもしれないが――ブラックに銃を突きつけ、降りろと命じた。ブラックが降りると胸に一発、発砲した。

間もなくグレッグは頭の中をフル回転させて新聞社を出た。

第二十四章

ようやく皆が帰り、わたしと同じようにコーキィも安堵しているのだろうか、とゲールは思った。誰もがおずおずと自信なさそうに同じ言葉をかけてくる。もっともこんな時にかけるべき言葉もないが。

ホットチョコレートを作って、コーキィと一緒に飲んだ。ビルの隅に日が沈み次第に暗くなる。コーキィが言う。「ミックが来てくれればいいのに」

彼女は彼を待ちわびていた。あの低く優しい声で囁き、ざらついた手で彼女の手を握ってほしかった。

「わかるわ、コーキィ。家に戻って着替えを取ってきてもいいかな——あなたさえ良ければだけど?」

ゲールが出かけるとコーキィは気が萎えた。胸に一杯の悲しみを抑えられない。数分間、じっと椅子に座っていた。

ノックの音に驚かされた。「ぼくだよ、コーキィ、ウィリアム・ブラーだ」

彼は話しながら入ってきた。「もっと早起きするつもりだったけど、いつもの調子さ。何てことだ、われながら参るよ」

彼は元気な声を抑えようとしていたが、そのためには囁くしかなかった。「余計なお世話だけれど、警察も溺死だと隠そうとしていなかったなら……」

「帽子を脱げば？」コーキィが機械的に言う。彼女の言動すべてが無意識だった。自分の声が聞こえたが、他人が喋っているような気がする。

「いや、長居してはいけないから」彼は彼女の前に立ち、手の中で帽子を神経質そうに回して、妙な目つきで見下ろした。キッチンのドアの掛け金がカチリという音がしたので、刑事が入ってきて盗み聞きしようとしているのかと思った。だが聞こえてくるのは、キッチンの掛け時計が静かに時を刻んでいる音だけだ。

「ジャンからぼくについて何か聞いたかもしれないが」ウィリアムが続ける。

彼は窓辺に近づいて通りを見回している。「何しろ仕事だからね。少しの違いはあっても、多少とげがあっても、深い意味はない。翌日にはすべて忘れてしまう」

コーキィは不思議そうに彼を見た。彼には決して好感を持てない、なぜならジャンが好感を持っていなかったから。姉が言っていた職場の不満を思い出そうとしたが、はっきり思い出せない。

ビルは財布を取り出しながら言った。「小切手を持ってきた。ジャンの最後の契約の歩合だ。きみに必要だと思って」

彼は言い足した。「彼女がいなくなって寂しいんだ――友人としても同僚としても。彼女は素晴らしい人物だったよ、コーキィ、それにもし誰かが彼女について何か言ったら……」

彼女は訝しげに彼を見た。

「なあ、わかるだろうコーキィ。仕事場の美しい女性。噂になるくらい、とびきり魅力的だ」

またた。昨晩の警察署でも失礼で悪意に満ちた質問をされた。

「警察が――」彼女は言いかけて止めた。

「気にすることないよ。奴らは質問ばかりする。シロアリみたいにそこいら中にいると思わないか？」

ウィリアムは明らかに返事を待っていたが、コーキィは話題を変えた。パンサーに相談すれば良かったのかもしれない。彼は兄のようだ。と、その時、姉がブラー不動産での勤務初日に立腹して帰宅したのを思い出した。ウィリアムに言い寄られたのだ。

彼が言う。「できることがあったら、その、気軽に言ってくれよ。広告のフレーズみたいだけれど――すぐ電話に出られるようにしているから――それに仕事を探しているなら、ぜひ来てくれ」

玄関口で彼は振り返った。「体を大事にするんだよ」

彼が出てゆく時、ドアからひどく強い風が吹き込んだ。

第二十五章

グレッグが玄関の階段に座ってサンドイッチを食べていると、シンシアがのんびりとやってきて、その後ろをミスター・アダムがついてきた。夕方の日差しが彼女の髪に深い艶を与えている。

「ただいま」彼女は言うと隣に座り、メキシカンスカートの裾を伸ばした。ミスター・アダムも座った。

「ペンの試し書きはどうだった？」グレッグが尋ねる。

「ジョンソンという苗字の人とは絶対結婚しないわ」シンシアは言った。

「しばらくエヴァンズと書いてみたら？」

「だってジョンソンというのが一番理想の曲線を描くんだもの。ペンを試すには一番良い名なのよ」

数分間お喋りしているうちに、彼女のおかげで彼は一日の疲れや、耳に残っていた盗聴器の騒音が吹き飛んだ。

だが盗聴器そのものは頭から離れず、グレッグはつい口にしてしまった。

「時代が変わったんだな。警察は捜査方法を変える必要がある――科学の力を最大限に利用して。昔は犯罪者が一匹狼だったけれど、今はシンジケートやネットワークや陰謀団の中で動いている。われわれを惑わすために電話を利用するから――追跡できない」

「そういうの好きじゃないわ、グレッグ」彼女はあっさり言う。〝プライバシーの侵害〟も最高裁の決定も、法律的背景も彼女は理解していない。

彼女は言い添えた。「もしわたしに関わることなら——仕方ないわね」

彼女の言葉についてグレッグは一瞬考えた。それは分析ではなく感想だ。たいていの人はこのように反応すると彼は思った。人は単純に、そういうのは好きじゃないのだ……。

盗聴室へ行く途中でグレッグは殺人課に立ち寄った。殺風景な大きな部屋の中で刑事たちがうごめく。迅速に成果を上げろと急き立てられ、汗だくで一日中働いてきて皆ひどい状態だ。ビル・エーカーズの四番デスクでは、行方をくらませた科学者ドクター・C・オックスフォード・ジョーンズの消息をつかむのにやっきになっていた。

タクシー会社の記録から、ドクターはマサチューセッツ大通り一五七番にあるダウンタウンのホテルで下車したとわかった。だが少なくとも、本名ではそのホテルにはチェックインしていない。大学の人事書類の彼の筆跡とホテルの宿泊者リストの筆跡を刑事が照合したところ、一致しなかった。ドクターが荷物だけを預け、徒歩か路面電車で他の場所に落ち着いた後で荷物を取りにきた、と課内で推理した。

〝見つけ次第拘束〟の指令が送られ、明日にはすべての無線装備の車に、人事課にあったドクターの顔写真の写しが配備される。

彼の罪状は誰も検討がつかない。彼は消息を絶っただけで自ら容疑者になってしまった。彼を見つけ、尋問するのが警察の仕事だ。いまのところ、関与の有無は別にして、書類上では名前を処理される立場となっている。

夕食の時間帯になっても盗聴室はカチカチいっている。「……あのでしゃばり娘におれが会いたがっていると伝えてくれよ……」

「……五八で閉まるから……」

「……腹の調子が悪い……医者が言うには手術が必要らしくて……」

「……奴は劣等感なんて持っていないさ、ハニー……ちんけな男というだけだ……」

ジョージ・ベンソンは馬蹄形に置かれた盗聴器を回っては耳を澄まし、有力な情報を聞き逃していないと確信して足を止めた。「三十分前の電話は手がかりになるはずだ」ジョージが言う。

彼は巻いてあるテープをグレッグに渡した。

ジョージは記録を読み上げた。「ホーギーが強盗に電話した。『万事うまくいっているか？』そしてザンプが『ああ』と答え、電話を切った。だが、ホーギーがかけた電話番号をおれが記録した」

彼から紙切れを渡された時グレッグは興奮が体を走り抜けた。紙にはＯＸ－６３７２８と走り書きしてあった。ジョージが利用したのはホーギーがダイヤルした際の〝振動〟だ。機械は〝振動〟をテープに打ち出し、ジョージはそれを解読してホーギーがダイヤルした番号を解明した。

ジョージが続ける。「この電話は交換台を通った。だが交換士が何と言ったか判別できない」

グレッグはそれからジョーンについて尋ねると、ジョージは言った。「この二十四時間を持ちこたえられるだろうか、と彼女の母親は思っていて……」

ジョージは躊躇した。「自分の娘のように思えて」

彼が続ける。盗聴室に缶詰めになっていると話がしたくなるものだ。「盗聴相手を身近に感じるなんて妙だな？　嫌いになる対象もいれば好きになる対象もいるが、ただ彼らが話すのを聞いているしかないんだ」

グレッグは同感だった。言葉は大いに物語る。人相や体格がわからず、まったく実体がない。外見の魅力的な個性に気を散らすこともなければ、陽気に輝く瞳や愛敬のある微笑みもない。

ジョージが書いて奥の壁に貼った掲示にグレッグは気づいた。こう書いてある。

畜生！　言葉でこんなに叩きのめされたことはなかったぜ――ジョン王

こんなに叩きのめされる。まさに彼の心境そのものだ。

グレッグのオフィスのデスクに座るとミス・カボットが来た。いつものように愛想良く、タイプした傍受記録の束を手渡す。

「めぼしいものはあるかい？」グレッグは尋ねた。

「テック６を読めばエンゼルケーキの作り方がわかります」

彼はつい笑った。関係者の名と住所と電話番号が一覧になっている機密書類を、一番下の引き出しから取り出す。ＯＸ―６３７２８はダウンタウンのホテル、〈メリディアン〉のものだ。

グレッグは落胆した。たいした手がかりにならない。ザンプは八百人のホテル客に紛れているかもしれないし、滞在すらしていないかもしれない。

グレッグは手がかりを自分で探すことにした。ジョーと組むのもいいだろう。自分でも思い切ったものだと思うが、その案は昨日から温めていた。ザンプを判別して強盗自体に〝参加〟するのだ。それは報道関係者として違反行為をするよう、とマクタミッシュを説得できるかにもよる。

考えるだけでも嘘っぽいが、望みの綱は恐らくこれしかない、とグレッグは思った。夜ベッドに横たわりながら完璧に案を練っても、翌朝には警察署の薄汚い廊下のいつもの臭いや人相写真、規則や身分証明、制服に接して、隙だらけだとわかる。

グレッグは七時過ぎまで記録を読んだ。デスクワークは時間を食い、やる気を失わせる敵だ。一束読み終えるとミス・カボットが次の書類を持ってきた。終わりのない仕事。つまらないとかありきたりというのではなく、終わりがないのだ。彼が寝ている間にも工場のベルトコンベアーが動いている。

七時三〇分にグレッグは盗聴室に戻った。オールド66が先に入手したところによると、ホーギーがマローンへ七時三〇分に電話をし、その後マローンはエレン・マーシャルに電話をして彼女をどこかへ連れてゆくつもりらしい。

七時三一分にオールド66が鳴った。マローンはホーギーであれ誰であれ、時間厳守を期待しているが、ホーギーが元々腕時計に従わないタイプだとも承知していた。

グレッグは緊張を感じた。ジョージも緊張している。ホーギーはマローンの母親について尋ねた。マローンは明らかに気が急《せ》いている。細かい挨拶は省いて本題に入った。

「取引の手はずを整えた」マローンは言った。

「そうか、ブリッツ」

「九月二一日午後五時、ファースト・ナショナル・バンクから十万ドルがおまえのところに届く。司祭が希望している額面だ」

グレッグが補足する。「ザンプのことだ」

マローンが続ける。「同じ夜の真夜中にここから飛行機で発ってほしい――」

「おれが、個人としてかい?」

「ああ、他の奴じゃだめだ。高額だからな」

「おれに務まるかどうか――」

「いい考えがある」

「そりゃブリッツ、そうだろうとも」

「金をマドリッドのこれから言う住所に持ってゆくんだ――サンティアゴ大通り一二六。S-a-n-t-i-a-g-oだ。わかったか?」

「サンティアゴ大通り一二六」

「その場所にカルデナス・アンド・サンズという証券会社がある。そこのアレマン・カルデナスという人物に金を渡すんだ」マローンは再び名前の綴りを教えた。

「オーケー」

「くれぐれも深夜便を利用するんだぞ? こういった取引では――たいていの取引相手は――投資を取り戻そうとする。司祭がいつ立ち去るともわからない」

「わかった」

「もう行かなくては。おっと、昨夜のマクタミッシュを聞いたか?」

「ああ」

「あの娘は大して話していないようだな」

「彼らはそう思っていないよ、ブリッツ。例の妹は憔悴しきっていて――必要以上に話してもらいたくない、と思っている」

「このまま収束すると思っていいのか？」

「いや、娘が事件について考えるのを彼らは恐れている――彼女が泣き叫んで――ぶちまけてしまうのを。彼らは明日の夜に計画しているんだ」

「それはあいにくおれたちには関係ない」

「その金は――きれいなんだな？」

「ああ――絶対だ」

そしてふたりは別れの挨拶を交わした。

ジョージは再生機の電源を落とした。「まったく！　なんて冷たい奴だ」

グレッグは考えごとをしながら立った。ホーギーの問いが頭から離れない。「その金は――きれいなんだな？」ジャン・ローガン殺害とコーキィ殺人計画が、そしてホーギーとマローンの取得した金が結びついているという事実を66が初めてとらえた。

「ああ――絶対だ」マローンは言った。金はきれいになっていて、彼らは心配無用だ。

「それはあいにくおれたちには関係ない」

第二十六章

エレン・マーシャルが部屋を神経質そうに動くのを、グレッグたちは〝窓〟越しに監視している。彼女は新聞を取り、中のページが見えるように折ると、テーブルの上に立てかけた。吸い残しで新しいタバコに火を点けてから、邪険に押しつぶした。

ジョー・パッカーが言う。「アイルランド人風に言うと、彼女は今夜ブラック・ムードだな」

エレンはノックが聞こえるか聞こえないかのうちにドアに近づいた。「どうぞ」

マローンはただならぬ気配を察して、ネコのような警戒心を見せて中に入った。

「外出するんじゃなかったか」ネグリジェ姿の彼女を見て彼は言った。

「デートする気分じゃないの」彼女はいら立ちを隠さず、遠くの肘掛椅子に座ると両足を椅子の肘掛けに乗せて、ネグリジェがたくし上がるに任せた。

マローンは座ろうとして途中で立ち止まり、新聞に視線を落とした。

「なんてことだ」彼の声がかすかにうわずる。「機嫌が悪いのはこれのせいか?」

「わたしはあなたの微罪《ペカディローズ》を無視すべき存在なの?」

「微罪だと、マーシュ。微罪。知らない言葉を使うなと言っているだろう」

「微罪――微罪――あなたは口にしているじゃない」

「カントリークラブのための宣伝なんだよ、マーシュ。その娘はほとんど知らない。来週には入会キャンペーンを始めるんだ。仕事だよ」

「そういう仕事は知っているわ。あなたは面目を失うのよ、そして彼女も。どこでひっかけたの？」

マローンは〝窓〟のそばに座っていたので、彼がポーカーをしている人物のように、無表情な抜け目ない眼差しで、ずっと彼女を見ているのがグレッグたちからよく見えた。「その気はないよ、マーシュ、その娘のことなら。ザ・ロウの鉱業時代からの友人の娘だというだけだ」

エレンは立ち上がった。「そんなこと信じられないわ、ブリッツ」

「さあ、服を着て。遅刻してしまう」

「そう、『さあ』よね。あなたの下品なポーカー会場にお供するにはわたしで十分なのよ、でもそれが――」

「マーシュ！　言ったはずだ――」

「言ったわよ。でもわたしだってあなたに言うわ。あなたが何を企んでいるか知っているのよ、そこから足を洗えないことも」

彼女はタバコを持つ手に力を入れた。「身を引くつもりはないと言ったでしょう。あなたに捧げた十三年は何のため？　安っぽいアパート、安っぽい車、安っぽい服、その間あなたと偉そうなあなたの母親は――」

「母親について言ったら――」

「いつだって喜んで言うわよ」

マローンが肩をすくめる。「ああ言えばこう言う――」

「ブリッツ――わたしと別れると言うなら――」

「だったら――何だ？」

余りの怒りに彼女は言葉が詰まった。彼が続ける。「お前が何を考えているかお見通しだ。おれを脅そうとしているんだな。おれを密告すると言いたいんだろう。だがおまえはしないよ、マーシュ。誰も信じるものか。おれと比べておまえの言葉は軽々しい」

マローンは彼女を肩で押してベッドルームへ向かわせた。「言い争いは止めにしよう、マーシュ。いいから服を着るんだ」

エレンが故意にまたタバコに火を点ける。「行かないわ。女詐欺師のあなたの母親を連れていけばいい。実にご立派な――でも二十年前には、あなたはろくに母親に――」

彼女は不意に口をつぐんだ。彼の瞳に危険なものを感じた。彼が平手を上げると、彼女はその彼の手首をつかんで叩かれまいとした。だが結局は顔を強く平手打ちされ、彼女はよろけた。

エレンは怒りと興奮で激しく応戦して彼を驚かせ、マローンは壁にくずおれた。彼女は彼に馬乗りになり腕を振り回した。彼は彼女の両手首を押さえようとしたが、渾身の力で反撃された。エレンはタバコの火を彼の頬に押しつけた。彼が叫び声を上げると、その激しさに彼女は驚いて後ずさった。彼女は自分の目を疑った。

マローンは痛みで闇雲に手近の椅子を探した。「マーシュ、よくもこんなことができるな」

その日の夜遅く署のブラッド・ランカスターのオフィスで顔を合わせたのは――殺人課のグレッグとジョー・パーカー、そしてビル・エーカーズだった。

ブラッドは安い葉巻をせわしなく吸いながら、休みなく部屋を動き回っている。

「どう思う、エヴァンズ？」ブラッドが尋ねる。

エレン・マーシャルを尋問できるかどうかが問題だ。彼女が知ってか知らずか運び屋を務めていたという証拠を彼女に示し、長い刑期になると指摘して説得するつもりだ。彼女に〝二重スパイ〟にならないか、と誘う予定である。彼女がアパートに戻っていつものように暮らし、マローンの計画を警察に報告し、彼を逮捕できた暁に証人になってくれたら、彼女への刑罰減免措置を要求する。

「今夜の彼女は彼を嫌っていました」グレッグが答える。「でも十三年の馴染みですから――明日の夜にも、彼の腕の中に戻るかもしれません」

ジョーが割り込む。「でも逮捕されると知ったら、保身に走るでしょう――マローンを捕まえるためにわれわれが必要とする情報を提供するかもしれません」

グレッグは煙を外に出すために窓を大きく開けた。「提案があります。運よく彼女を引き入れても、裏切られる危険性がある。強盗事件についていてぼくには新しい見方があります。うまくいけばホーギーとマローン双方を罠にかけられるかもしれない。失敗したら――その時は……」

ブラッドが言う。「良し、待つとしよう。二、三日くらい何でもない」

ジョーは気がそがれたようだった。彼はエレン・マーシャルに〝スパイ行為〟をさせる気でいたのだ。

第二十七章

メリディアンホテルの夜間担当マネージャーは、プロの笑顔でグレッグとジョーを迎えた。禿頭で痩せ気味の四十代の男性で、きびきびと応対する。グレッグたちは、警察の者だが聖職者が宿泊していないか、と尋ねた。マネージャーがすばやく宿泊カードをめくる。「はい、バーナード神父がいらっしゃいます。六〇八号室です。客室に電話をしましょうか?」

「いや」グレッグは言った——そして脈が速まった。エレベーター乗り場からまっすぐこちらに歩いてくるのは司祭だ。

グレッグはすばやく言った。「彼について尋ねたと口外しないでください」

彼らが立ち去ると、司祭がルームキーをカウンターにそっと置いた。彼の言葉がグレッグたちに聞こえる。

「誰か尋ねて来たら、一時間で戻ると伝えてください」彼の声は低くて柔らかだ。

グレッグが思っていたより年配で、白髪があるところを見ると、おそらく六十代だろう。たるんで生気に欠けた顔は人混みに紛れてしまいそうで、彼の仕事にはうってつけだ。

グレッグたちがタバコ売り場の赤毛の売り子に話しかけていると、司祭はその横を通り過ぎた。彼の式服をグレッグたちは目で追った。そっけない話し方をする赤毛の娘を相手に、その場に留まる。

司祭は回転ドアを押してホテルの外に出て、右に向かった。

グレッグたちは通りに出ると、尾行をジョーに任せ、歩く速度を緩めた。さっきホテルに入った時、窓際に座って新聞を熱心に読んでいる男性が目に留まった。今は読むのを止め、動き出す気配がする。新聞を椅子にぽんと置いてすばやくドアに向かい、外に出ると、右に曲がった。

通りに出ると、司祭が半ブロックほど先を、観劇に行く人々や夜間労働者の人混みを縫って歩いてゆく。先ほどの男性は司祭を追っている。敵対するギャングか何者かに邪魔されないよう、司祭の内輪の者が〝お目付け役〟をしているのかもしれない。同じ理由で、ジョーはいま敢えてグレッグの後ろを歩いている。

グレッグたちは監視車のほうをちらりと見た。許可を示す灯りが点いた。車の流れが戻る前に、彼らが視野から消えるまで警官は待ってくれるとグレッグたちは把握している。さもなければ動きが不自然になり、〝お目付け役〟に見抜かれるかもしれない。

司祭が立ち止まって窓を覗き込むと、尾行している男性はそれに従い、グレッグも同様にした。ジョーも同じだろう。時代遅れの道化芝居のようだ。尾行の仕事は常にそうだが。

司祭は次のブロックに足を速めた。角に着くと、バスを待っている数人の列の後ろに並んだ。尾行していた男性は踵を返して来た道を引き返してきた。グレッグはそのまま進んで男性とすれ違った。男性の視線が一瞬グレッグに注がれたが、誰にでもそういう視線を送るものだとグレッグは気にしなかった。

グレッグはバス停も通り過ぎた。いまの彼の問題は、どうやり過ごすかだ。もし建物を何軒も通り過ぎる前に立ち止まったり、踵を返したりしたら、男性は不審に思うだろう。グレッグは終夜営業の混雑するドラッグストアにぶらりと入った。入り口が見えるようソーダファウンテンのそばの席に座り、アイスクリームを注文する。

ジョーは停留所の列の後ろに行き、司祭の後ろに並んでいる。これは上等な尾行のパターンだ。ひとり目の刑事が先導して、ふたり目が引き継ぐ。ポジションを交替し続けるのだ。

司祭は策士だ。時折周囲に目を配るが、決して目立つ動きはしない。司祭平服が実にしっくりしている。むろん変装のプロではない。銀行強盗は信頼の置ける人物に変装して犯行を行うことがあるが、それは犯罪者が農夫や郵便配達や将官を装うのと同じだ。ただ、それらは少数だ。グレッグは変装する犯罪者と関わって三、四年になる。〝詐欺師〟を除いて、おおかたの犯人はめったに変装しないし、その才能に恵まれていない。

排気ガスを吹き出してサウス通り行きのバスがゆっくりと止まった時、司祭は進まなかった。最後の客である、話好きで体格の良い年配女性にバスの運転手が釣りを渡した時、司祭はバスに飛び乗った。その瞬間にドアが静かに閉まり、バスが車の流れに戻っていった。

ジョーはバスを手持ちぶさたに見ていたが、他の数人の客も立ち続けていたので、彼は別のバスを待っている振りをして、再びタブロイド紙に目を戻した。そしてグレッグはアイスクリームを食べ続けた。

通りの先では、あの男性がタクシーに乗り、その直後には警察車両が――ありふれた黒のセダンだ――バス停に進み、一瞬停まった。運転手がジョーに向かってドアを開けている。

警察車両がタクシーの後をゆっくり尾行する。捜査に関わる何もかもが、そして追う者も追われる者も誰もが、緩やかな動きだったのは、古い習性に沿っているかのようだ。

グレッグがアイスクリーム代をテーブルに置いて通りに出ると、二台目の警察車両が迎えに来てくれていた。

「路面電車に塞がれるなよ」グレッグが言う。

警官がものうげに言う。「お言葉ですが、わたしはあなたが初めてホイーティーズ（小麦のシリアル食品）を口にした頃から尾行任務についてましてね。自転車で追跡したこともあります。殺人事件です。それも尾行に成功しました」

広い車線が六マイル続くサウス通りにバスが入った。次の角で二台の警察車両がサウス通りを離れて一ブロック進み、キャロル通りに入った。二台は、サウス通りのバスと平行に走った。

いつバスが停まっても、一ブロック先から監視している。バスに乗っている司祭の姿がはっきり見えた。バスの中ほどの向こう側の席に座っている。バスが発車すると、タクシーが通り過ぎるのを待って警察車両は発進する。

事前に計画していた通り、警察は〝緩い〟調査を行っている。あまりに〝緩い〟ために司祭を見失うかもしれない。だが〝接近〟しての尾行だったら、司祭に感づかれたかもしれない。もっとも〝接近〟しての尾行なら、ジョーはバスに乗車して司祭の数列後ろの席に座ったのだが。

グレッグは胃に緊張を感じた。今までホシを〝見失った〟ことはない。

「奴は司祭だったことがあるんですか？」運転している警官が尋ねる。

「一度もない」

「何とまあ、奴はうまく着こなすものですね。わたしなら罰が当たるのが怖いですが」

終点のひとつ前のブロックで司祭はバスを降りた。刑事たちは街灯が鈍く照らす中に彼の姿をキャロル通りから見た。彼は一瞬立ち止まり、踵を返して横道に入っていった。タクシーは引き続きバスを追っている。

いまや彼らは行ったり来たりするゲームをしていた。重い足取りで進む司祭の横を一台の車が通り過ぎ、四〜六ブロック通り越してから角を曲がった。そして反対車線から来たもう一台も同じ動きをしたが、間隔は二分間ほど空いていた。司祭を見失っても、警察は同じように通りを進んでいるので二、三分の内に司祭を探すことができる。

しばらくすると司祭があるパターンに沿って動いているのがわかった。ある一定のブロックでさらに中央寄りに歩くようになった。一画の家々や地形を観察している。ここは郊外で、広い敷地のそこここに簡素な住宅が建っている。通りはひっそりと静まりかえり、樫の老木の街路樹が影を落としていて「神そらに知ろしめす」雰囲気がある。ところどころ大きな窓から灯りが漏れ、田舎じみた、もしくはアーリーアメリカン様式の家具が垣間見られる。この辺りは景色が良く、急勾配になっていて、家並みが次の家並みを見下ろす形となり、段のような効果を出している。

やっと〝お目付け役〟がタクシーを降りるのを確認した。彼も行ったり来たりしている。その男性は司祭とは反対側の通りを歩き、ときどき反対方向に歩いたかと思うと、半ブロックほど司祭の後をついていく。

尾行が一時間ほど続いて司祭はサウス通りに戻った。二十分ほどバスを待っている。街灯の下の人影が寂しそうだ。一ブロック先で、あの男も待っている。

慣例通りホテルに戻ったが、グレッグは興奮のあまりに眠気も吹き飛んでいた。明日には、付近に最近転居してきた人物を調べた方が良さそうだ。

第二十八章

翌日はいつものようにほろ苦い日だった。グレッグは家を出る時にシンシアと一緒になった。遅刻気味なのか駆けていた彼女は、その日の始まりを宣言するかのように「おはよう」と言った。車に乗る彼女を見ているとグレッグは愛おしさがこみ上げた。彼女はいまや彼の生活の一部だ。ずっと前からそうだったが、数か月前の夜に、はずみで別れ際にキスをしてから、さらに意識するようになった。

子供が六人か――男の子が三人に女の子が三人。気が早いが彼はやっていける自信がない。だがそのうちしっくり来るのだろう。そう考えればうまくいきそうだが、ティミーが六人だと考えるとためらってしまう。

グレッグは見張りをしている刑事たちと話すためにコーキィ・ローガンのアパートに寄った。夜の時間帯は恐ろしく単調に過ぎる――歩くか話すしかないという苦悩に耐えて、起き続けるという種類のものだ。そうやってやり過ごす。ブラッド・ランカスターが午前四時三〇分に最後の無線車を返してしまった、と刑事たちはこぼした。グレッグは心の内で、ここ数日ずっと張り詰めていた堪忍袋の緒が切れるのを感じた。

コーキィはグレッグの恋人ではないし――このアパートにいる彼女は――妹でもなければ、保護する相手でもない。年に千人もいると思われる、名前も忘れ、顔もどうしても思い出せないような、彼の任務に関わった女性のひとりに過ぎない。だがこの瞬間、彼女をシンシアのように親しく感じた。警察署の擦り切れた階段を上がる時には、まだ理性を保とうとしていた。

グレッグは音を立てて車のドアを閉め、エンジンをかけるとタイヤを軋ませて急発進した。

ブラッドはオフィスの外に出ていた。小柄な体で威勢良く通りを横切ってくる。

「やあ、グレッグ」

グレッグの怒りを察して、忙《せわ》しげに続ける。「今朝はウェストサイドで張り込みの必要があったんで、ローガン家の妹のところから無線車を引き上げる必要があった。例のナイフを持った空き巣だ」

彼はグレッグに一歩近づいた。「言ってなくて悪かった。今朝の件では政治家の息がかかっていてね。わかるだろう」

グレッグが一歩進む間にブラッドは二歩かかるが、何しろ速足なので、グレッグが追い詰める前に立ち去ってしまった。あの男には不思議な能力がある。人を良く知っているし、何を考えているか、どう扱えばいいか把握している。

グレッグはエレベーターを素通りして階段で殺人課に下りていった。歩いていると頭が冷静になった。ブラッドには任務がある。過酷で酷評される絶望的な任務が。部下や武器がひどく手薄な軍の司令官として、辺り一帯に突撃して違反を取り押さえなくてはならない。彼にできるのは敵を封じ込めることだけだ、と百も承知だ。それでも件数が圧倒的で、食い止め切れない。

そして常に政治家の息がかかっていることを盾に指図や脅迫してきて、いつか署長にしてやる、と匂わせる。それまで生きていればの話だが。

グレッグはその考えを頭から振り落として殺人課に入った。ドア口でジョーとぶつかりそうになる。

ジョーはまた許可を求めてきた――もう十回も――、エレン・マーシャルのアパートであの日の夜グレッグを殴った、私立探偵のジョージ・ピアソンを尋問したがっている。

グレッグは頑として聞き入れない。「奴は信用できない。マローンと通じているんだ――マルモ事件の捜査が台無しになる」

自分の言い分をグレッグは理解している、とジョーは内心思っていた。ピアソンの専門は離婚案件だ。彼は厚かましくも、顧客に〝不倫の証拠〟を提供すると申し出ている。顧客の夫と〝不倫する〟若い女性二名と、顧客の妻をかどわかすジゴロを雇っている。

グレッグは部屋の奥にいるビル・エーカーズに呼ばれた。

「どこにいたんだ?」彼が尋ねる。これは彼お得意の冗談だ。徹夜勤務した相手に、どこにいたか、と知りたがる。グレッグはおざなりに笑った。

ビルは椅子をグレッグに蹴ってきて座るように促し、古ぼけたデスクに積まれた書類の山からジャン・ローガンの葬式場の見取り図を出した。

「ここに署員を配置している」彼は言い、数時間のうちに葬式が執り行われる教会の図を指した。署の地形学部門が用意した見取り図では、小道や通り、恐らく住人が密かに使用しているであろう郵便受け兼貯蔵庫など、隣接した地域の家々、そして同じく教会のドアや窓がすべて示されている。

「これなら幽霊すら彼女に近づけない」ビルが言い、グレッグはすぐに同意したが、ふたりとも本意ではないとわかっていた。なぜなら賢い幽霊なら突破できるからだ。どんな計画にも隙がある。計画自体に隙がなくても、タイミングに隙が生じる。

ビルから手渡されたのは、コーキィのボーイフレンド、ミック・フォスターの聞き取り報告のテレタイプ数通だった。ミックは街を出たのか、行方がつかめない。捜査に不安要因が加わる。

話が終わった頃、街から東に二十二マイルのところにある、セントラリアの保安官代理から電話が入った。行方不明の科学者、ドクター・C・オックスフォード・ジョーンズの人相書きに一致する男性が、ロバート・C・スミスの名で昨夜モーテルにチェックインしたという内容だ。その男直筆の宿泊カードによると、カーナンバーはCL−７５８９２とある。一九五三年型のフォードハードトップで、グレーとブラックのツートンカラーだ。

グレッグが立ち去る時、刑事たちは他の警察署や保安官代理、ハイウェイパトロールの情報と連携して、その車が盗難車両ではないかどうか調べ始めた。

グレッグは記録課に立ち寄り、盗聴室に電話をした。オールド66は囁き程度にしか稼働しておらず、拍子抜けだった。

グレッグは薄汚れた廊下に行き、いつものように足元の床の振動を感じると、マクタミッシュがいた。彼はローガン事件について、あたかも月並みな案件であるかのように断定した。顔の広い刑事と話せば、ネタをつかめる、というのが彼の持論だ。そして彼の読み通り、グレッグはマルモ事件を調べている。オールド66からこぼれ落ちる言葉から、捜査の鍵や今後の展開のヒントをつかむ。

「例のご婦人の男友達が行方不明だそうだな」マクタミッシュが言う。

「誰から聞いた?」グレッグは噛みついた。

マクタミッシュが微笑む。「風の噂さ」

グレッグの計画を成功させるにはマクタミッシュも巻き込まねばならない。いまこうして目の前にいる彼とは何年も前から顔見知りだが、知らないも同然だ、と実感した。

例えばコーキィ・ローガンの生活が危険に晒された事実など、事件の内部を教える、と約束すれば、彼を抱き込めるかもしれないが、やってはいけない。

マクタミッシュを誘う別の方法があるはずだ、彼が欲しがり、自慢したがるものが。

「ずいぶん大物になったな」グレッグは言った。

マクタミッシュが警戒する。「何が言いたい？」

「署名記事を書く記者になっているじゃないか。ニューズ紙にあんたの名を見ない日はないよ」

「ああ、あれか。給料を署名で支払われているのさ。新聞社の悪しき伝統だ。昇給を訴えると署名記事にしてくれる」

それでもグレッグに注目されてマクタミッシュは喜んだ。「殺人課から移ってどうしてたんだ？」

「ブラッドの下で働いている」

「盗聴室のヘッドになったと噂で聞いたが」

「何のヘッドだって？」

マクタミッシュは肩をすくめた。「そろそろ行ったほうが良さそうだ。またな」

「ああ」とグレッグは言った。立ち去るマクタミッシュにいら立ちを覚えた。つまり彼は署の最重要機密を知っていて、「警察は情報に基づいて捜査している」という文を書く時期を心得ており、どこで情報を入手しているかも知っているのだ。そうなると、マクタミッシュが秘密を暴露しなかった理由がわからない。

マクタミッシュは危険だ――そしてグレッグはどうしても彼を引き入れなくてはならない。

第二十九章

コーキィはソファの上で膝を抱えながらミックを待っている。胸の鼓動は早鐘のようだ。エウリピデスのバッカスにまつわる悲劇を頭の隅に追いやる。ギリシャ悲劇は役に立たない。明日、講義中に尋ねられたら、読んでいないと打ち明けなければならないだろう。

ミックは九時三〇分には電話すると言っていたが、もうすぐ十時だ。彼は時間には正確なのに。バスルームから水の音がする。婦人警官が下着を洗っているのだ。婦人警官は彼女の生活の一部になっている。毎日午後八時にやってきて、ツインベッドの片方で眠る。それはかつてジャンが使っていたものだ。婦人警官はいざという時すぐに手が届くよう拳銃を床に置く。口数は少ないが明るい人物だ。

レストランにいるミックから電話があったのは午後五時三〇分だった。街に数時間滞在するので、コーキィに会いに来ると言った。仲間が待っているようで彼はすぐに電話を切った。ジャンの話題に触れた時、彼はためらい口ごもったが、彼女はその不器用な気遣いが好ましく思えた。そして電話の間、彼女は息も詰まるほどの幸せが身体を駆け抜け、会話をするのがやっとだった。

いまの彼女にとってミックはすべてだ。

彼は慌てているようだったが、彼女もそうだった。夏の間に起きた事柄を三分間の公衆電話でどう話せというのだろう。

葬儀の後、彼女は以前のレストランのバイトを再開し、大学三年の講義に出るようになった。彼女は起きて食べて歩いて話すが、まるで別人のように感じる。彼女自身は悲観しつつ脇へ退いて、ジャンが生きているかのように何食わぬ顔で暮らす自分を観察している。階下のジュリア・バンカーは彼女を〝勇気がある〟と言うが、ジュリアはわかっていないのだ。

そしてコーキィの背後からは常に足音が聞こえる。彼女の一部となっている刑事の足音だ。昼が夜に変わってゆく八時にレストランを出ると、常にいて外で待っている。翌朝、英国文学の講義に出席するために七時過ぎにアパートを慌てて出ると常にいるのだ。彼女は振り返りはしない。話しかけもしない。あたかも刑事などいないようなそぶりをする。まるで家に来てほしくなかった子と遊んでいる時にそうしていた、子供時代に引き戻されたかのようだ。

電話が鳴った時、コーキィはかすかにびくついた。ダイニングルームの古い敷物の角に足を取られそうになりながら、テーブルの上の電話の受話器を取る。電話の主はゲールだった。毎晩この時間になると講義の話をする口実で電話してきてくれる。活発に話し、率直に意見を述べる快活なゲールはすっかり見る影もない。彼女はひどく傷ついているのだ――コーキィが傷心しているから。気遣ってくれるとばかり思っていた友人たちが期待外れだったので、ゲールのように彼女を思いやり、寄り添ってくれる存在がいるのはひどくありがたい。

母の、そして祖母の代からの古い壁掛け時計が、ダイニングルームで一〇時一五分の鐘を鳴らした。コーキィはミックが心配になってきた。こんなに遅れるなんて何かあったに違いない。

これも母の代からの、時代遅れな卵型の鏡に自分の姿を映し、彼女はコンパクトを探して化粧を直った。悲観しているのをミックには知られたくない、できれば彼とはデートの時間を持って……。婦人警官が音もなく近づいてきたのでコーキィは驚いた。「ごめんなさいね。脅かすつもりはなかったんです」

「きっと神経質になってるのね」

「わたしも気をつけるようにします。どうかしたんですか？」

「デートに行くの。もう彼が来てもいい頃なのに」

「外出するんですね？」

「どうかな、たぶん」

婦人警官はミルクを飲みに静かにキッチンへ向かった。「おやすみなさい。夜更かしは程々に」

彼女は決してコーキィの外出に懸念を示さないし、めったにコーキィの予定を尋ねない。コーキィが玄関のドアを閉めるとすぐに刑事に電話をして尾行させるのだ。コーキィの狭い歩幅に合わせて刑事はついていく。

婦人警官は繰り返しおやすみの挨拶をすると、寝室に姿を消した。コーキィは白いブラウスにしわができないようソファにきちんと座り、瞳を閉じた。夜になると恐怖が顕著になる。日中は舗道のじりじりとした暑さに急き立てられる。彼女が思うに、日光自体が恐怖を拒否しているのだ。だが夕闇が迫ると、数年来の友人に対して罪の意識に襲われる。

ドアを強くノックする音。ミックだ。どこにいてもすぐわかる。コーキィは二歩で彼の腕の中にいた。彼はなだれ込むように部屋に入ってくると、蹴ってドアを閉めた。彼の痛いほどのキスを受け、力強い腕に抱かれていると、彼女は息が詰まりそうだ。夏に入ってからずっと苦しみ渇望していたものが、やっと手に入る気がする。

コーキィの記憶通り、彼はハンサムで筋肉質で肩幅が広く、骨ばっていて、浅黒い。野外の仕事をしている彼の手つきは野性的で、彼女はその手を離したくなかった。だが彼に「でかけよう、コーキィ」と囁かれて、彼女は言った。「そうね」

彼女が髪を後ろに撫でつけると彼が手を取ってくれた。

廊下でミックが言った。「裏口から行こう」

その瞬間コーキィは彼の願いを何でもかなえようと思った。彼は半ば走るように彼女と手を繋いで引っ張りながら進んだ。転びそうになりながら裏階段を急いで下りた。路地に出ると真っ暗で、目隠しされて歩いているようだ。ごみバケツを思い切り倒してしまい、ネコが慌てて道から逃げる音がした。

「息が切れるわ、ミック」コーキィは訴えて彼の手を引いて止めた。

「いったいどういうつもり?」

「警察だよ。奴らに後《あと》をつけられたくない。今夜はふたりだけのもので、誰にも邪魔されたくない」

コーキィは彼と通りを静かに歩きながら、はるか先にある街灯に向かった。彼の力強い手が彼女のむき出しの肘を支えてエスコートする。彼女は後悔し始めていた。〝影〟を避けるべきではなかった。何かあったら、それが今夜だったら……。でも、そんなはずはない。彼女にはミックがいる。彼は銃を所持していないが、どんな事態にも対応する術を知っているだろう。

「きみに心配をかけていないといいんだけれど――遅れてしまったから。署で絞られたんだ」

「誰に?　警察で?」コーキィが驚く。

「そう、奴らはおれがどこにいたかを知ろうとした——おれと会った人物の名前を訊きたがった」

「まあ、ミック。ごめんなさい。ひどい——最低だわ」

通りでミックは彼女を立ち止まらせた。ふたりは静かに佇み、耳を澄ませ、辺りを見た。角の街灯が弱い光を落とし、向かいの通りでは私道の照明灯が輝いている。だがその他の場所は街路樹の葉が覆いかぶさって辺りは暗い。

「おれが以前ジャンとつき合っていたと警察に話したのか?」ミックが尋ねる。

「いいえ——そんなこと話してない。わたしが話すわけないでしょう」

「警察は知っていたぞ。おれの動機を探ろうとしている。きみと会うのをジャンが止めようとしたとか、ジャンがやきもちを焼いたとか、おれが衝動的に殺して、きみもそれを知っているとか。ああ、コーキィ、いったいどうなっているんだ。何がなんだかわからないよ。まったく」

ミックは彼女を再び急き立てて海に向かった。「実は今夜、大学の仲間から小型モーターボートを借りたんだ。それに乗って、ゆっくり話ができる沖まで行こう」

彼の声が焦っているとコーキィは察した、ミックは急き立てられている——何かに、もしくは誰かに。

「気が進まないわ、ミック」彼女はためらいがちに言った。

彼は彼女のウエストに腕を回して引き寄せた。「さあ、コーキィ、まだ夏は終わっていないよ。それにきみは——ぼくはきみと一緒にいたかったんだ、あの話を聞いた時……」

ふたりは浜辺に到着していた。そのまま砂浜をまっすぐ進めば、行き着くのはあの夜ジャンの遺体が波に洗われていた場所、コーキィが思い浮かべるだけで鼓動が速まる場所だ。警察の懐中電灯、サイレンや大声で呼び合う音の後、砂浜から遺体を運ぶ時の沈黙があった。

ミックとコーキィは激しく揺れる古い遊歩道を進む。他に誰もおらず、ふたりの足音だけが響く。重く、やや引きずる彼の足音と、トトトンと叩くような彼女の足音。

ミックは知らないのだ。知っていたらここにコーキィを連れてくるはずがない。

彼女は彼の腕をきつく握り、少しもたれてシャツ越しに彼の体温を感じながら、彼のしっかりした深い呼吸を聞いている。

「おれのことを警官から訊かれたか？」

「ええ、ミック――でも知人全員について訊かれたわ」

「奴らはおれの何を知りたがったんだ？」

「そうね、あなたとどこで会えるか、とか、あなたが夏の間どこにいるか、とか」

ミックが黙り込み、しばらくして彼女は言った。「そんなこと忘れましょうよ、ミック。今夜を楽しみましょう」

「そうするか」

ふたりが角で曲がると、目の前に壊れそうな低い桟橋が現れた。糸が巻きつけられた骨ばった長い指のようで、糸の端にはボートのような形のものが揺れている。宥めるような波音が聞こえてくる。波自体にゆったりと柔らかいリズムがある。

ふたりはほとんど無言で、話す時には、うら寂しい桟橋ではなく人混みにでもいるかのように囁いた。ミックにしがみついたコーキィが視線を落とすと、桟橋の足場に波が打ちつけていた。波しぶきがコーキィのくるぶしに少しかかった。

「この船は気に入ったかい？」ミックはジプシーと太いブルーの文字で船首に書いてある洗練された白いモーターボートを指すと、身を屈めてボートを引っ張った。

思いがけず、男性が音もなく姿を現した。てっきりミックとふたりだけだと思っていたのに、気づくと数フィート後ろに男性がいた。

「こういうのはいただけませんね、ミス・ローガン」男性が言う。

ミックは立ち上がりながら、すばやく振り返った。彼が刑事に殴りかかろうとするのをコーキィは彼の腕を握って抑えた。

第三十章

グレッグが心理学教授のドクター・メレディスと約束したのは四時だった。少し遅れた彼は、学生に教養学部棟への行き方を教えてもらった。

彼は何世代もの学生の足で擦り減った階段を上がり、辛気くさい二階に着いた。二一〇号室のドアを開けた彼は、驚いて足を止めた。ファイルキャビネットのそばにいたドクター・メレディスが彼のほうを振り返る。ドクターはほっそりとしてブロンドヘアが麗しい三十歳くらいの女性で、生き生きと輝く瞳で、あからさまに彼を品定めしていた。

「男だと思ったのね?」彼女が尋ねる。

「ドクター・ジェーソンから伺っていなかったので……」

「彼はいつも言わないわ。ちょっとしたいたずらね。当てが外れたのなら、お帰りいただいて結構よ」

グレッグは彼女のデスクの上にテープのリールを置いた。ドクターが興味深く眺める。「はっきり言って、こういうのは初めてなの」

「どうなりますやら。今回試したらどうだとドクター・ジェーソンに勧められたので。わたし自身、狙いを絞り切れていないのですが、録音された会話の中で何かしら――パターンが――あるかもしれません。新たな事実が示される可能性はあります」

グレッグは順を追ってマルモ事件について説明した。ドクターは、時間がないので作業は夜になる、分析が終わったら電話する、と言った。

グレッグが盗聴室に顔を出したのは六時少し過ぎだった。ジョージ・ベンソンが首を横に振り、オールド66がまたネタを集めたと指摘した。

「何者かがこっそり知らせているのか？」ジョージがオールド66の記録を渡してくれた。そこにはホーギーがハリー・マローンに午前七時二七分と、午後四時二三分に電話したとある。どちらの通話も簡潔で、コーキィ・ローガンや〝彼ら〟が彼女を殺したとほのめかす言葉はなかった。

「そんなはずはない」グレッグは自分を安心させるように、自信たっぷりに言った。オールド66が不気味に沈黙するにつれ、いら立ちが募っている。

そして翌日も、エレンのアパートに設置した盗聴マイクについてブラッドが提出した報告書に〝非該当〟とグレッグは書いた。ハリー・マローンは戻っておらず、彼女のもとを訪れず、彼女が彼の頬に火のついたタバコを押しつけた日以降は電話もして来ない。マローンは痴話喧嘩を内緒にしており、頬の絆創膏を「傷跡を取る治療用貼り薬だ」と友人たちに説明していた。

グレッグは傍受記録を見ながら馬蹄形を回った。テック12の前で立ち止まる。「ミセス・アンドルーズからミセス・ピート——個人——午後二時四七分」

ジョーンの様子をジョージが説明する。「彼女は回復するかもしれないそうだ。可哀そうに、彼女は人形の髪を洗おうとして、こってりしぼられたらしい」

グレッグは笑って立ち上がると、一瞬考えてから彼のデスクに行った。ミス・カボットが特殊と印を押したメモがすぐ目に入った。記録課のマックス・リードが電話をくれと言っている。

マックスは記録課に行き着くまで十もの部署を経験されられた、小柄な男性だ。彼の簡潔な挨拶は唸り声と似たり寄ったりだ。

マックスが言う。「やあ、良い話だ。うまく引き当てたもんだ。ドクター・C・オックスフォード・ジョーンズの身分証明書類だ。これでかたがつくかもしれない」

可能性はある、とグレッグは言った。行方をくらました科学者の最初の突破口だ。

記録課に到着する前、翌日の夜について打ち合わせるため、約束の七時にブラッドのオフィスに寄った。カンザスシティーの連中がフェデラル・リザーブ・バンクから盗んだ四十万ドルを強奪しようと、司祭とその組織が予定している。その操作方法としてグレッグは危険を伴う計画を立てていた。連中に紛れ込んでいる警官が正体を明らかにして〝敵〟として連中に銃を向ける――だが撃たれても応戦はしない。その役は恐らくグレッグが務める。彼が不服を申し立ててもブラッドは耳を貸そうとしない。マルモ事件を解決する機会として〝計算された危険〟は、冒す価値がある、と確信しているのだ。

ブラッドは葉巻を噛んで、鋭いやぶにらみの目でグレッグを観察した。「結構うまくいくかもしれない。責任はおれが取る」

彼はしばらく葉巻を吸っていた。「明日の大陪審だが――」

グレッグが言う。「招集が一時にかかっている。地区検察官は延期を企んでいたが、駄目だった」

ブラッドが視線を逸らす。「年寄りの警官によく言い含めておけ、エヴァンズ。必要以上に話さなければ大陪審も手を引く」

グレッグは頷いたが、必ずしも賛成ではなかった。そしてブラッドはすばやくそれに気づいた。「大陪審がまとまらないのをおれは見てきている。危険な要素だ。われわれは隠し立てしてはいけないが――彼らを騒がしても良くない」

「気をつけるようにします」グレッグは約束した。昔気質なブラッドは、警官たるもの沈黙を貫くべしと信じている。グレッグは同意できない。警察署に何も隠すことがないなら、なぜ事実を隠して疑われるようなことをするのか？　警官が開けっぴろげになれば、市民と親しくなり、さらなる尊敬を集める。

ブラッドはデスクを回り、グレッグをドア口まで見送った。「明日の夜までに案をまとめておく。もしわれわれが好機をつかんだら……」

好機はしばしば判決を下し、平均化の法則によれば、警察署に運が向くこともあれば犯罪者に向くこともある。

記録課に行ったグレッグは数分待たされた。秒速六の割合でパンチカードを分類する選別装置をマックス・リードが監視している。機械が探しているのは、右腕に人魚の入れ墨のある、殺人容疑の男性だ。係員が何百ものカードから、入れ墨を示す十九のパンチを探し出す。自動選別装置は年間九百以上もの事件に使われる。

無愛想で忙しげな男マックスが慌てて作業している間、グレッグは壁に貼られた新たな標語に頷いていた。「**われわれは他の二班の合計よりも多くの事件を解決する**」

「ブラッドがこれを見るまで貼っておいてくれよ」グレッグは言った。

「奴なんぞ知るか。奴がもっと人手を増やしてくれたら、週に五件多く解決できるのに。年末統計が何を意味するかわかるかい？　もっとおれに時間があったら……」

どの班、どの部署にもお馴染みの苦情だ。もっと時間があれば。時間は大いなる敵だ。

マックスがドクター・C・オックスフォード・ジョーンズの身分証明書の複写を手に取って言う。

「こんな男はここ何年もいなかったな。実に信じがたい。これが彼の記録だ。一九四六年ニューヨークで逮捕、自称ウィンストン・チャーチル（米国の小説家）の密偵。一九四七年アトランタで逮捕、自称王立ロンドン市長。保釈金を払わずに逃げている。一九四八年ボストンで逮捕状、自称エチオピア皇帝ハイレ・セラシエの英国における顧問。

ああ、ここで世界的に有名な科学者ドクター・C・オックスフォード・ジョーンズ登場だ。一九四九年シカゴ大学に雇用され、三年勤務、一九五一年には解雇されている。一九五二年にはノースカロライナ大学に勤務、半年後に行方をくらましている」

マックスはデスク越しに身分証明書をグレッグのほうに押しやった。「どうやって入手したか知っているか？　若手のひとりが、彼を人事ファイルの写真で見たと覚えていた。元の写真を使って、一万ものカードと照合したが、成果は得られなかった。そこで時間をかけて――ありがたいことに――前科者ファイルを通読し始めた。七十八番目に奴を見つけた。ブラッドがもうひとりよこしてくれれば……」

「ああ、わかってる」グレッグは報告書を見ながら言った。ドクター・C・オックスフォード・ジョーンズというのはもちろん偽名だが、彼は仮面舞踏会の伝説的な一族に属しているようなものだ。知性やときおり見せる才覚でわかるが、本気を出せば彼は素晴らしい生活が約束されている。言わば、彼ら自身が見せ掛けの世界の落とし子だ。彼の経歴は素晴らしい。黄金海岸（西アフリカのギニア湾北岸の地域）の使節として、国連へ感動的な嘆願書を届けたこともある。またある時には、ホワイトハウスの顧問として全米銀行代表者大会に参加している。

だが彼はマンハッタン・プロジェクトで働いた事実はなかった。彼の〝科学的背景〟の一部だが、生誕地も含めてすべて虚偽だ。英国ではなく米国生まれで、ペンシルヴァニア州グリーンズバーグのホテルオーナーの息子だ。

彼が暴行罪で起訴された過去がないとグレッグは気づいた。マックスが大声で言う。「奴はあんたのホシじゃなさそうだな。こういった連中は人殺しはしないものだ。断言はできないが。過去のある事件では……」

グレッグ宛の電話でマックスの話は遮られた。ジュリア・バンカー、コーキィ・ローガンのアパートの〝下の階の女性〟からだ。

「わたしを覚えてる?」彼女が低いハスキーボイスで尋ねる。

「ええ」

「心配事があるの。少し前に、灯りをつけないままキッチンの窓から外を見たら、中庭に男が立っていたの。ほら、コーキィの寝室の窓から下りている非常階段のすぐ近くの、小さな中庭よ」

「はい、覚えています」

「暗かったけれど、男は一度灯りのほうに歩いたのね、今日の夕方に二階で見たのと同じ男じゃないかと思って」

グレッグは二、三質問し、礼を言って電話を切ろうとした時に相手が言った。「ここに立ち寄ってくれない、ミスター・エヴァンズ? 他にも知っておいてほしいことがあるの」

グレッグは座ったまま一瞬考えた。

「知っておいてほしいこと？」マックスが尋ねる。

「なんだろうな」グレッグはコーキィのアパートに電話し、彼女が出ると、自己紹介せずに婦人警官と話したいと頼んだ。その後、彼は殺人課に通知し、たいていテレビの前に陣取ってレスリングを観ているジョー・パッカーに電話した。

ジョーとはアパートで落ち合った。殺人課は一ブロック向こうの暗い通りに、ふたりの刑事を無線車ですでに待機させている。グレッグとジョーは、暗がりの中、肩を並べて車に近づき、四人で徹夜の張り込みの段取りを決めた。それからグレッグはジュリア・バンカーに話を聞きに行った。

彼女は慎重にドアを開け、しっかりした温かな手を差し出して握手した。

「来てくれて嬉しいわ」華奢で薄いネグリジェ姿でピンクのフリル付だ。片手でレースの縁を引っ張り胸元を強調している。彼女は緩いウェーブのかかったブラウンの髪を肩に下ろしていて、今にもベッドに横たわりそうだ。

「ここに座らない？」ジュリアが寝椅子を指し示す。彼女は反対側の端に座って彼のほうを向くと、脚を折り畳んで尻の下に入れた。

彼女はパンサー・ウィルソンからコーキィに来た電話について話した。グレッグは聞き流していた。その件はすでに婦人警官から報告を受けている。

話しているうちに、彼女はクッションを背に、眠そうにやや姿勢を崩した。両腕を優雅に頭の後ろに回すと、薄いネグリジェが引っ張られて体の線が露わになった。

誘惑しようとしている――彼女の瞳、声、豊かな唇で、熱っぽく夢心地に。女性は決して口には出さない。かすかな花の香りと彼女の囁き声で伝わってくる。

「飲み物はいかが？」彼女が尋ねる。

「いえ、結構」グレッグは言い、散々だった一日の果てにひどい疲労を感じた。

ジュリアは部屋を横切ってリカーキャビネットのほうに行き、自分用に酒をグラスに注いだ。グラスが他のグラスと当たる音がした。

「中庭にいた男性は？」グレッグが尋ねる。

彼女はデキャンタを戻して彼と目を合わせると、少女のように茶目っ気のある笑顔を見せた。中庭に男性はいなかったと告白しているのだ。

「ここにいる男性は？」彼女がハスキーボイスで尋ねる。引き締まって均整のとれた体だ。寝椅子に戻ってきて彼のそばに立ち、口元にかすかな笑みを浮かべて待っている。

グレッグはゆっくり立ち上がり彼女の横を通ってドアに向かった。飲み物を飲みながら彼を見つめている彼女の顔は、無表情だ。

「悪かったわ」ジュリアが言う。

「わざわざ呼んでもらって光栄です」グレッグは言った。

「彼女がいるの？」彼女が尋ねる。

「そんなようなものです」

「婚約しているの？」

グレッグは彼女に笑い返した。「そうなればいいけれど」

散々だった一日におまけまでついて、無線車に戻ってゆく時には彼は疲労困憊していた。角を斜めに横切って街灯の下を通る。待っていた刑事たちが興味津々で彼を観察した。

グレッグは言った。「今夜はこれで切り上げるか。収穫ゼロだ」

彼はわざわざ説明しなかったが、部下たちにとってはマルモ事件のリーダーが無事ならそれで良かった。彼はジョーと一緒に車を停めていたほうへ向かった。

「お疲れ、ジョー――また明日九時に」

グレッグはさらに前方へ停めていた自分の車の運転席に座った時、タバコが切れているのに気づいた。通りにドラッグストアがあったのを思い出し、いま来た道をゆっくりと戻った。

後になって振り返ってみると、店に入った時、グレッグは電話ブースの人影に気づいていたのだろう。だが、その時にはタバコしか頭になかった。

「すぐ行きます」という店主の声が薬剤コーナーの奥から聞こえ、グレッグはぼんやり化粧品を見やりながら、シンシアは箱入りのバスパウダーが気に入るだろうか、などと思っていた。遠くでかすかに〝マクタミッシュ〟という声が聞こえ、グレッグは電話ブースに近づいた。カウンターの陳列棚が邪魔してよく見えない。耳に神経を集中すると、男性の声が聞こえた。

「もう一か所の見張りだ、マクタミッシュ。報告はそれだけだ」

グレッグの背後に店主が現れた。「お待たせしてすみません」と詫びたが、グレッグは電話ブースめがけて歩いた。

中にはジョー・パッカーが座っていた。帽子を浅く被って電話の送話口に口元を近づけている。再び彼が〝マクタミッシュ〟と言った時、それは鞭のように聞こえた。グレッグが勢いよくドアを開けると、留め金が壊れた。驚いて立ち上がったジョーをグレッグが両手で押さえる。ブースからジョーを引きずり出すと、受話器が壁にぶつかって派手な音を立てた。受話器からはマクタミッシュの声が聞こえ、店主が叫び声を上げた。

グレッグはすぐにジョーを前に立たせたが、ジョーはわめき、激昂した動物のように怒りに震えた。グレッグは屈んでジョーのあごに一発お見舞いした。ジョーは後ろの化粧ケースに倒れ込むとそのまま動かなくなった。頭の傷から血が噴き出す。

グレッグは外に出た。ここ数年、味わったことのない怒りに襲われる。車の中で寒さに震えながら一晩中張り込みしたり、殺人犯から襲われるかもしれない安宿をガサ入れしたりするには、相棒が不可欠だ。そこでやっと百もの事件を捜査できる——その相棒を失う羽目になったら、捜査活動どころではない。

グレッグの中で、ジョー・パッカーはもはや死んでしまった。

第三十一章

地方検事が脇へ避けてドアを押さえてくれた。グレッグが入ると陪審員たちに値踏みされたが、その視線は敵意があるわけでも親しげなわけでもない。陪審員は厳選された二十三名で、全員が最高裁判事から任命されている。構成は、ドラッグストア店主、工場主任、PTA会長、デパートの女性店員、電気技師、元大学教授、そして建設業者となっている。

「ここに座ってください」地方検事に言われてグレッグは一段高い証人席に座った。左側には陪審員たちが階段状に着席している。

地区検察官が陪審員たちの前に歩いていくと、彼らは静かになった。

「エヴァンズ警部補が質問に答えます」地区検察官は言った。

判事越しにグレッグへ向けられた陪審員たちの視線は、鈍く無表情だ。彼らは話し合って四十七日になる。いまは互いに何でも知っている仲だ。勤め先や子供の数、家の庭の芝刈りをするかどうか、世界情勢をどう思っているか。陪審員たちはある種、仲の良い隣人同士になっていて、不安や敵意が増すにつれて絆も強まる。

地区検察官が言う。「ご承知の通り、エヴァンズ警部補は解決間近の大事件を抱えているので、皆さんには簡潔に質問していただき……」

陪審員たちは耳を貸さない証拠に話し始めた。これは彼らの意思表示だ。そして地区検察官にもそれなりの意思表示がある。彼や保安官代理に呼ばれた陪審員たちは、証言聴取の後、今日までに彼のための八十二の起訴を評決している。彼らの仕事は起訴に評決を言い渡すこと——それゆえ、その過程である集団が法廷に呼ばれるのだが——犯罪が行われたと示す〝理想的な証拠〟があるかどうか評決することだ。そして彼らの第一の仕事が地区検察官に示された事件を考慮することなので、彼ら自身が手ほどきを受け、目撃者を召喚する。地区検察官は彼らの活動を導こうとしたが、彼らは無軌道ぶりを発揮しており、すでに驚くほど賭博や売春といった状況に頭を突っ込んでいる。

長身痩軀の陪審長が立ち上がる。スズメのような鋭い眼差しをした年配の男性だ。

「地区検察官の異議がなければ、彼に前へ出てきていただきたい」彼の語り口は静かだ。

地区検察官は肩をすくめてグレッグに目をやった。グレッグはおろし立てのパンツにしわができないように気遣いながら脚を組み、陪審員のほうに向きなおった。

「ドクター・バンティンが質問します」

ある男性が咳払いをしたので、グレッグは彼がドクターだとわかった。背が低く、ふっくらとした顔でよたよた歩き、大学の政治学教授や政府の有識者にありがちな人物だ。

ドクターが気さくに話しかける。「エヴァンズ警部補、警察署での立場は？」

「ランカスター副本部長の下で特別任務を務めています」

「特別任務、とはどのような？」

「科学技術的手段による情報収集に携わっています」

ドクターが眼鏡越しに凝視する。鋭い口調で尋ねる。「つまり盗聴ですか？」

他の陪審員たちがわずかに身を乗り出す。グレッグは彼らの表情が読めた。グレッグが否定するか、それともはぐらかすか?

「それでは警察署が盗聴に従事していると、あなたは認めるのですね?」

「はい――ある程度」

「〈認める〉という言葉には異を唱えます、ドクター・バンティン」

陪審長が言う。「言葉尻をとらえるのは止めにしましょう」

「そうおっしゃるなら。それでは憲法修正第四条（私有財産の不法な捜索・押収を禁ずる条項）から関連する箇所を読み上げましょう――権利章典：不合理な捜索及び逮捕または押収から、その身体、家屋、書類及び所有物の安全を保障される人民の権利は、これを侵してはならない。警察は権利章典を尊重すべきとは思いませんか、警部補?」ドクター・バンティンが言う。

誘導尋問だ。「わたしとしては――いま議題に挙がっている――科学技術的監視が憲法修正第四条を冒瀆しているかどうかに関しては、異なる意見です」

「盗聴機器による〈捜査〉の類が〈身体の安全を保障している権利〉を冒瀆しているとは思いませんか?」

「わたしは警官ですよ、ドクター・バンティン。その判断は法廷に委ねます」

筋骨たくましく頬の肉が削げ落ちている三十歳ほどの男性が、最前列から発言した。「その勢いだ、ドクター・バンティン。わたしたちは仮説質問を論議するためにここにいるわけじゃない。誰もが盗聴されているのは周知の事実だし」

男はグレッグを見た。「そうでしょう、警部補? 申し遅れましたが、わたしは薬局を営んでいるサム・アダムズと言います」

「ええ、――どんな規模の共同体であっても、いずれの法執行機関でも行っています。警察や保安官事務所、州調査官も含まれます。そして当然ながらワシントンDCの連邦機関では――」

「たとえ違法でも？」ドクター・バンティンが尋ねる。

「はい。でもこの州では違法ではありません。ちなみに違法となる州もあります」

アダムズが口を挟む。「何もかも盗聴するんですか？」

「いいえ――凶悪犯罪事件に関わることだけです」

ドクターが尋ねる。「でも、何も事件を起こしていない一般市民も盗聴できるんでしょう？」

「それは記憶にありません」

「場合によって警察は、政治家も調査するのですか？」

「はい」

「でも悪徳警察署長や警官が悪用できるのを、きちんと認識されているんですか？」

「はい――」

「一九三九年ヒトラー侵略下のパリで実際に行われて、政府の没落だと多くの人々が嘆いたのを知っていましたか？」

「何が言いたいんです？」アダムズが割って入った。「ここで問題なのは、警察が盗聴を悪用しているということでしょう？」

陪審長が発言する。「そうです。実例を挙げてください、ドクター・バンティン」

ドクターは青ざめた。「どうかご辛抱願いたいが、ここで問題なのは、人間の基本的自由です――

誰にも邪魔されることなく、自分の家に腰を落ち着けていられるかという。ジョージ・オーウェルの「一九八四」という小説の一節を引用しましょう――われわれは今日《こんにち》自分の立てた音が聞かれているという仮定で生活している」

アダムズが言う。「ああ、くだらない。子供が誘拐されたり――誰かが殺されるのを防ぐのなら、ぼくは電話を誰が聞いていようと構いませんよ」

陪審長が言う。「いいですか、わたしが言いたいのは――」

ドクター・バンティンが口を挟む。「もうひとつ質問があります。電話の相手方はどうです――犯罪者が電話した先の潔白な人は？」

「ええ、確かに相手方の会話も聞きます」

「記録を法廷で明らかにしたら――ある人物が犯罪者と話していて――恐らく犯罪者と話している自覚がないまま――知らない間に会話がおおやけになるのでは？」

「ドクター・バンティン――重ねて言いますが、道徳原理に関して判断するためにここにいるわけではないので」

「でも――」

グレッグは顔の汗をぬぐった。「どうか、最後まで言わせてください。誠実な警官は、法に則って市民の要望を汲もうとしている、と言いたいのです。ですが盗聴に関しては国会や、議会、裁判所、新聞、そして市民の意見があり――何が正しいか、どれも決定づけられません。混乱はさらに悪い。ある裁判所は裁決した翌年に撤回しました」

「あなたの考えはどうです？」アダムズが尋ねる。

陪審長の声が高くなる。「言っておきますが――」

数名の陪審員が割って入る。「彼に答えさせてくれ。わたしたちは知りたいんだ」

ドクター・バンティンが言う。「彼が何と言うかあなたはわかるんだろう」

グレッグはおずおずと切り出した。内心、ブラッドに見つかったら大目玉をくらうだろうと思った。「その、さっきも言いましたが、たいていの人は考えも及ばないでしょうが、われわれには明確な考えのふたつのグループがあります。その片方は、盗聴が民主主義統治全体を破壊する発端となる、というものです。たいていの法執行官は無制限の使用を求めますが」

彼はためらいつつ続けた。自分でも何故だかわからなかったが、長年言うのを抑えられていた事柄なので、そのためにも言いたかった。「わたしが思うに盗聴は――制御できず――非常に恐ろしいものになり得るでしょう。すでになりつつあります。誰でも私立探偵に頼めるし――アメリカの至る所にあります――頼まれた探偵は週三百ドルで指示された人物を探れるのです。盗聴するテープレコーダーをセットできますし、盗撮して見ることもできます。企業は競合他社を、政治家は他の政治家を、弁護士は、相手方の弁護士を探るために探偵を雇います。どれほど広まっているか、ほとんどの人はわからないのではないでしょうか。そして現在の法律では、個人的な盗聴にはさしたる罰則がないのです」

グレッグはいったん区切った。そして法廷内の静寂にぎくりとした。彼らはグレッグの立場をまだわかっていない。「警察の盗聴では、毎日、次々と凶悪犯罪が解決されます――そして時には犯行を未然に防ぎます。

人によく訊かれます。『なぜ警察は犯人をいつもの捜査方法――尾行によってつかまえないのか』

それでは、実例を挙げましょう。われわれがいま扱っている案件では、ふたりの犯人は何年も接触していません。打ち合わせをすべて電話で行っています。ですから尾行しても糸口は見つからない。そしてこれは珍しいことではありません——重罪の犯人には。わたしが言いたいのは、この科学技術の進歩の時代では、殺人容疑者の身辺に警察が接近するのは致し方ない、ということです」

ドクター・バンティンが口を挟む。「それはもう聞き飽きた。警察は自分たちの問題しか見ていない——個人の自由という広い視野ではなく」

アダムズがそっけなく言う。「彼に最後まで言わせてやってください」

グレッグはドクターのほうに頷いた。「警察が広い視野を失っているというドクター・バンティンの意見に賛成です」

陪審員たちが足を踏み鳴らしたり拍手したりして、彼に賛同の意を表した。

「ですが、それも人間の性《さが》というものです」グレッグは言った。

誰も口を開かない。ブラッドはこの発言を気に入るまい。

グレッグは慎重にゆっくりと話した。「警察による盗聴では、ある明確な管理があるべきだとわたしは考えます。悪質な警官が悪用するのを防ぐために。可能性としては、家宅捜索する時と同様の過程を踏むのもいいでしょう。裁判所は捜査令状を出す際には、個人のプライバシーの自由を注意深く守っています。盗聴においても、同様にできるのではないでしょうか。われわれは盗聴する前に、裁判所の許可を得て、犯罪が行われたか、それとも未遂であるかの明確な証拠を示さねばならないのです」

グレッグは言い添えた。「そして個人的な盗聴はすべて非合法——重い罰金と長い懲役が科せられるべきです」

誰も口を開かない。もちろんブラッドが聞いたらぼやくはずだ。「大学出のポリ公に他に何を期待しろと言うんだ？」と。

ドクター・バンティンが尋ねる。「マイクを取り付けるのはどうです？　それは〈住居侵入〉では？」

グレッグは古傷に塩をなすりつけられた気がして、内心たじろいだ。「それも同様に――裁判所の許可が――」

彼はそう言いながらも、自分が正しいのか、〝隠しマイク〟が電話の傍受よりプライバシーを根本的に侵害していないと言えるか思案した。

ドクターは椅子に深く座り、陪審長は陪審員たちを再び落ち着かせた。尋問を再開し、細かい点を尋ねた。それぞれの事件で盗聴を用いるのが通例かと知りたがった。グレッグは名前を伏せて情報を提供した。他の質問にも同様に答えた。彼らの質問の大半は非公開事件に関するもので、潔白な当事者が被害をこうむったかどうかだった。

二時間後に陪審長から礼を言われてグレッグは退廷したが、凶悪事件を担当している時よりよっぽど疲弊していた。彼自身としては、警察の盗聴の濫用の証拠はないと思っている。だが陪審員たちは――まあ地区検察官が言うように、神のみぞ知る、だ。

第三十二章

その夜は息苦しくねばりつくような暑さが街を覆い、まったく活気がなかった。皆口々に地震の前兆だと言うが、出まかせに過ぎない。

ビル・エーカーズが言う。「一九四一年にブル・マスターソンを引っ張った時のような夜だな。この部屋を出た時——あの時も同じ部屋だった——何かいつもと調子が違っていたのをいまでも覚えているよ」

マスターソンは四人の警官を殺害した。待ち伏せしている警官を背後から小型機関銃で撃ち放して驚かせた。殉死した四人の名は銘板となって二階の廊下の南端に取り付けられたが、設置されて以来、埃まみれだ。

ビルが思い出話を止めたのは、ブラッド・ランカスターが七時きっかりに入ってきて、デスクの奥の定位置に着いた時だった。彼は目の前の十八人の精鋭を見た。散弾銃やライフルの弾が撃ち放たれる事件に耐えたベテラン刑事たちだ。ブラッドはさまざまな部署から彼らを引き抜いた。人からランカスターの《ランカスターズ》襲撃者たち《レイダーズ》と呼ばれることを、ブラッドは——そして部下たちは——密かに誇りにしている。

ブラッドはもったいつけて新しい葉巻を吹かすと、壁いっぱいに引き伸ばされた写真に向き直り、言った。

「これが見取り図だ。カンザスシティーのギャングがこの家を掌握している。何が待ち受けているか、彼らの計画が何か、われわれは知らない——それはどうでもよい。だが強盗が一時に行動開始するのをわれわれは把握している。犯人たちを泳がせて——そして彼らの間で銃撃戦となったら、終わるまでわれわれは待つ。各々、肝に銘じてもらいたい。というのも、それがマルモ作戦に影響を与えるからだ。指令があるまで決して動くな。そして理解しておいてほしいのだが——」

ブラッドは全員が彼のほうを見ているのを確認してから言った。「——強盗のひとりが金を受け取って逃げようとしても、つかまえるな。わかったな?」

奇妙な指令だったので皆が真意をはかりかね、質問する者もいなかった。御大がそれを望むなら、まさに狙い通りだった。

「よし、エヴァンズ、具体的に詰めよう」

グレッグは椅子の間を縫って前へ進み、ブラッドのデスクに近づいた。彼は陪審員室にいた時の様な妙な感覚に襲われた、というのも皆が彼に注目しているからだ。マルモを指揮するには若すぎる、と先輩連中は思っているらしい。

今夜遭遇するであろう未曾有の危険について、グレッグは話し始めた。「強盗は常に監視を怠らない。つまり、今夜も周囲に見張りを置いているはずだ。敵がきみたちの持ち場に侵入してきたら争いになるだろう。われわれの〈敵〉は前方にだけでなく、周囲や背後にもいるのだ」

グレッグは引き伸ばした写真を鉛筆で指した。「全員が表に出ることなく動く。ガレージや周辺の家に配置、また無線車を離れた場所に待機させる必要もある——強盗が近所を調べる〈移動車両〉を使うなら、無線車はその移動範囲の外にいるべきだからだ」

グレッグは詳細について次々と話し、質問に答え、名案が出されると計画を変えていった。気づくと八時になっていた。説明の終盤で、カンザスシティーのギャングと強盗の犯罪歴を復習した――心構えになるからだ。急襲は日常的で、数件行った後にはどうしても注意不足となり、自分たちの力量を過信しがちだ。相手に殺人歴がある、と刑事たちに再認識させるのが重要だ。それぞれの心に恐怖を抱かせねばならない。

会議が終わる頃、後方にいた刑事が発言した。「一点はっきりしておきたいのですが。われわれは金を持った強盗を逃がすんですよね。それはわかりました。ですが相手から銃撃されたら？」

ブラッドが刑事を冷静に見ながら、ゆっくりと言った。「質問はたくさんあるだろう。だが、いかなる状況下でも、撃ち返すな」

遡ること数時間、グレッグは〈エースズ・バー〉で酒を飲み始めているマクタミッシュを探し出した。グレッグは彼に奥の事務所に行くよう促した。事務所には散らかっている古い戸棚があり、コーラスガールやモデルの写真があちこちに貼ってある。

マクタミッシュはグラスを持ったまま年季の入ったヤナギ細工の椅子に座り、グレッグはデスクの書類を脇へ押しやって腰かけた。

「何が欲しいんだ、エヴァンズ？」マクタミッシュはお気に入りのバー・スツールから引き剝がされて機嫌が悪い。

グレッグはマルモ事件の背景について、実名を挙げることなく慎重に説明した。マクタミッシュは用心深くグレッグを見ながら話の結論を待っている。グレッグが話し終えると彼はゆっくりと酒を飲み干して立ち上がった。

「その話には乗らない」彼は言った。

グレッグはマクタミッシュとドアの間に移動した。「最後までおれの話を聞いてくれよ」

「ごり押しするつもりか」

「そんなつもりは毛頭ない。おしまいまで聞いてくれ、と言ってるんだ」

マクタミッシュは肩をすくめて座った。「おれは話を捏造《ねつぞう》していないぞ――あんたにも誰にも」

「おまえ自身にはどうなんだ？」

「どういう意味だ？」

「カーソン事件はどうなんだよ？」

「ああ、少し尾ひれを付けたかな」

「それをやってくれと言ってるんだ。それだけだ。そして翌日に細かいところを修正すればいい」

グレッグは気を引き締めた。これだ、賽《さい》は投げられた。

彼は続けた。「全国最大級の犯罪事件を解明すると約束する。タイム誌が広告欄に書いている契約のようなものだ。《エディター・アンド・パブリッシャー》（北米の新聞社の業界月刊誌）に載るかもしれないし、ピューリッツァー賞にノミネートされるかもしれない。国民的人物になるぞ――ＦＢＩではなくギャングに囲まれたウィンチェル（ウォルター・ウィンチェル（１８９７-１９７２）米国のコラムニスト・放送ジャーナリスト）のように」

マクタミッシュは話を聞いている。「ジョー・パッカーはどうなった？」

「奴は港湾部門へ異動になった」

「告発するつもりか？」

グレッグは興奮が駆け巡るのを感じた。マクタミッシュは駆け引きをしている。「いや、自分の問題は自分で解決する」

マクタミッシュの顔にずるい笑みが浮かぶ。「署名入り記事を書けと頼んでいるのか？　だからこそあんたはデカなんだな。抜け目ない」

「お互い様だ。だからどうした？」

マクタミッシュは立ち上がって伸びをした。嬉しそうな目をしている。

グレッグは部屋を出ていきながら、顔馴染みの他の記者たちを思い浮かべた。彼らなら正義の基本原理に沿って行動してくれるだろう。だがマクタミッシュは違う。グレッグはタイム誌で写真入りのマクタミッシュの記事を眺めた。

グレッグはシンシアに電話をして、郵便物と届いている牛乳を取っておいてくれ、と頼んだ。彼女の声は心配そうに震えていた。

静けさの中に遠くから赤ん坊の泣き声が聞こえ、不機嫌そうな小犬の吠えたてる声がする。さらに近づくと、テレビからドラマの音声が聞こえ、曲がり角を速い速度で曲がるタイヤの軋む音がした。ヘッドライトが迫ってきて、ゆらめき、走り去った。警察の車ではなかった。何者かが監視しているのだ。

グレッグの足の下で葉が静かな音を立て、彼はふたつめの音を聞いた。彼の足音と完全に重なっている。彼は歩調を速めた。背後の人物はテンポがずれたが、再び合わせてきた。グレッグは右腕を伸ばし、わずかな動きでホルスターを確認した。

グレッグが振り返らずに歩き続けているうちに、背後の足音が消えた。彼は丘に上がり、家——今夜の目標だ——に近づいた。さらに勾配があるため歩調を緩めて耳を澄ませる。確かに他に誰もいない。グレッグは路地に入り、自分の身長より高い生垣から離れないよう慎重に進んだ。裏戸の蝶番の軋む音がしていったん立ち止まる。続いてコンクリートにミルクの空き瓶を置く音がして、ドアが閉まった。

家の玄関の横に着いたグレッグは生垣に隠れた。うずくまって盗聴担当のターミー・サンダーズが設置しておいてくれた電話を見つける。腹ばいになり這って進んだ。電話線を辿る間も、暑かった日中の日差しに焼かれた地面が熱い。進む途中でカタツムリがつぶれる音がした。

正面の窓の下を生垣に沿ってグレッグは苦心して進んだ。彼からは玄関とその向こうの通りがよく見える。日除けは下りているが窓は開いているので、居間から漏れる音が聞こえる。低い唸り声が頭のすぐ上から聞こえてグレッグは身を強張らせた。その唸り声は意外だった、というのも、監視報告には「犬はいない模様」と記されていたからだ。

男の足音が部屋を横切り、窓に近づいてくるのがわかった。

「何が気に入らないんだ、デューク?」グレッグはかつて従軍時に叩き込まれた体勢を思い起こし、じっと伏せたまま、ゆっくりと深呼吸した。男が下を向いたら見つかると思うと、気が気ではない。

男性がそばに来たせいか犬の唸り声は穏やかになった。

「アル、どうかしたの?」他の部屋から女の声がした。

「猫でもいたんだろう。さあ、おいで。今夜は散歩は無しだ」男は他の部屋に戻ってゆき、犬も低く鳴きながらついて行った。

「ばか犬でしょうがない」

女が叫んだ。「ちょっと、この映画を観ているんだから」

グレッグは受話器に囁いた。「ダイニングルームにいる男女がテレビを見ている。犬も屋内にいる。他のふたりの男は確認できない」

グレッグは頭を数インチ上げてすばやく見た。生垣を通して、通りの向こうの近くの家の私道に配送トラックが停まっているのが見える。車の横には〝ドライクリーニング屋〟とある。実際には署の作戦本部で、指示を発する監視者が設置されている。グレッグの電話は彼専用だ。通りの角の電話線電柱には、二日前にターミーが取り付けた拡声器と照明がある。彼は架線作業員の制服を着て変装したが、そもそも電灯を見る人など稀で、見たところで何があるか気にも留めない。

家の裏手の丘の上には、小さな引っ越しトラックがある。その私道にここ一週間ほど毎晩停めっぱなしにしていて、地元の人の目に慣れさせておいた。指令が出たら、そのトラックの後部の小さな窓が開いて、警察のテレビカメラの望遠レンズが偵察するようになっている。通りの先の家の二階からもテレビカメラが監視している。その二台のカメラの間の一帯を、刑事たちが監視している。

リビングルームを横切ってくるふたりの男の声が、グレッグに聞こえた。「気に入らねえな」とひとりが言った。

彼らの声が次第に弱くなる。テレビから聞こえる小さな話し声の向こうから、話し声と誰かが飲み物を渡した時のようなガラスのぶつかる音、そしてときどき男の無遠慮な笑い声が聞こえた。グレッグは声の主を数えた――四人――そして電話で報告した。

その後は静かになり、ときおり車が通る程度だった。一一時過ぎ頃になって、今までとは異なるかすかな音が静けさを乱した。それは次第に足音だとわかった。グレッグは深呼吸をして銃の安全装置を外した。曲がりくねった歩道を歩いてくる司祭が、生垣の根元の途切れ目を通して見えた。落ち着いた足取りだ。

屋内で犬が唸った。再び男が部屋を横切ってくる音や、犬が前足で床を引っ掻いている音が聞こえる。

司祭は小さな玄関ポーチで一瞬立ち止まり、何気なく辺りを見た。中の男と犬も耳を澄ませているのか、屋内も静まりかえる。その静けさの中で、グレッグは背後から音もなく近づいてくる複数の足音に気づいた。司祭の手下たちだろう。へたに肩越しに見るような真似はしない。

司祭が呼び鈴を押すと静かなチャイム音がして犬が低く吠えた。風雨に晒されて玄関ドアは少し剝げている。

司祭が頼む。「電話をお借りできませんか？　車が故障してしまって」

ダイニングルームから女が呼びかける。「アル、誰か来たの？」

応対している男は言った。「もちろんです、神父様、どうぞお入りください」

ドアが閉まったとたん、グレッグは背後で網戸の切れる音がした。振り返ると、司祭の手下がドアの網戸を破って部屋に入っていった。

「電話はこちらです、神父様」屋内の男が言う。

司祭の声は静かだ。「もう必要ない」

「いったい何を――」銃弾が頭蓋骨に撃ち込まれ、男の体が床に倒れる。ほぼ静けさの内に行われた、とグレッグには思えた。

女が叫び、銃声というよりは鞭を打ちならすような音が二回した。テレビの音量が上がり、男の歌声が急に家中に響く。

グレッグは電話口で言った。「女の叫び声、銃声二発」

馬の蹄のような異常な物音で、彼らが室内を探っているのだとグレッグはわかった。引き出しの中身が出され、家具が叩き壊され、床が剝がされる音がして、ついに司祭の鋭い威圧的な声がした。

「ここだ」

急に物音ひとつしなくなった。その後、玄関ドアを引っ掻く音がした。司祭が最初に出てきた。コンクリートの地面に大きなスーツケースを置き、司祭平服のしわを伸ばす。男がもうひとり出てきた。彼らは落ち着き払い、焦りの色は見えない。室内の灯りが消え、思いがけず、さらにふたりの男が現れた。一言も口をきかない。

グレッグはいちかばちか賭けた。受話器に囁く。「待機せよ……」

男のひとりが言う。「何か聞こえたぞ」

懐中電灯をつけて生垣を照らす。

司祭が懐中電灯をもぎ取る。「落ち着け」

警察のトラックでは、グレッグの囁いた言葉に監視者が気を引き締めた。

待機している刑事たちにつながっている受話器に向かい、グレッグが繰り返す。「待機せよ」

監視者は小さなテレビ制御室の中に座っている。目の前には、丘にある引っ越しトラックと、通りの向こうの二階建ての家から映像が送られてくる、ふたつのテレビ受信機がある。それは厳密に言えば、警察用チャンネルの警察の設備だ。過去二回、この技術を用いてかなりの成功を納めた。ふたつの受信機を見ることによって、監視者は全体の〝競技エリア〟を見渡せる。犯人ひとりひとりの居場所に沿って、彼は拡声器で刑事たちを配置させることができる。角の家を利用して、犯人がこっそり刑事に近づこうとしたら警告できるし、警官が銃撃戦に出くわしそうになったら、引き留められる。テレビカメラが配置下のレイダーズたちを映し出している。

グレッグが音量を上げて囁くと、壁に反響した。「狙え、繰り返す、狙え」監視者がマイクに語りかける。「狙え——繰り返す、狙え」

支柱の高さから照明がいきなり点灯して辺りを照らす。監視者から見えるテレビスクリーンでは、司祭と部下たちが歩道を少し行ったところで、眩しすぎるライトに固まっている。驚くべき展開に、彼らはためらい、一瞬動けなくなった。

拡声器から監視者が言う。「警察だ。きみたちは包囲されている」

四人はさっと散ってふたりずつになった。生垣と路地の間の芝に司祭がつまずいた。いまや立ち上がったグレッグが司祭とその一味に対応して、一歩一歩家に沿って機敏に移動する。

拡声器が鳴り響く。「男二名、Aに向かっている。他の二名はCへ」Aは敷地の南西方向の隅で、Cは路地で、丘の上のガレージでは警官が待機している。

「C——狙いに注意。エヴァンズが範囲内へ移動中。Cではプラン一〇を展開中」

プラン一〇というのは、司祭を最後の罠に引っかけて逃げさせ——グレッグが尾行する、という暗号だ。

生垣で司祭は路地に出て通りに向かった。他の狙撃担当者が路地を歩いて、生垣の向こう側を歩いてきたグレッグのほうに来た。

「エヴァンズ！　エヴァンズ！」その時間で監視者が言えたのはそのくらいだった。グレッグは地面に伏せて、狙撃担当者が三フィート以内を通り過ぎるのを待った。路地の先のガレージにいる警官たちに援護してもらうつもりだ。

管理者が言う。「C――待機――待機――二十フィート……B招集。Aに向かって移動。危険なしだ、エヴァンズ」

グレッグはさっと立ち上がり、走って体が折れ曲がるほどの前傾姿勢で尾行を続けた。通りの司祭は無線車を見て気が変わったようで、来た道を引き返した。急な動きだったので、監視者が注意する前にグレッグと鉢合わせしてしまった。その時司祭に向けて発砲され、グレッグは再び身を伏せた。司祭は発砲しながら彼の横を走りすぎた。銃弾が彼のそばで反射する。

「C――C――発砲を控えろ――発砲を控えろ。避難――避難」

監視者はグレッグが再び立ち上がるのを見た。こっそり司祭を尾行している。Cの監視範囲のガレージを通り、さらに上がってゆく司祭の後をつけている。

司祭は丘の頂上で右に振り向いた。グレッグは下のほうでパンパンという音がするのをしばらく聞いて、沈黙の中で司祭の後ろ半ブロック程の位置で尾行を続けた。丘の上ではいくつかのポーチの灯りが点いていて、銃声のような音を聞いた、と隣同士で話している。

司祭は足早に三ブロックほど歩いて、丘を曲がった。彼はしばしば後ろを見たが、グレッグは通りのこちらから向こうへと位置を変えながら、家のそばを歩いて影が見えないようにした。サウス通りの近くで、司祭が暗い一画に消えたので、グレッグは彼を見失った恐怖に襲われそうになった。歩道の縁で車のヘッドライトが瞬き、司祭が乗車したとわかった。ほぼ同時に、待機していた黒塗りの無線車が来たので、グレッグは助手席に乗り込んだ。

「サウス通りに出るまでライトを消しておけ」グレッグは興奮気味のいかつい顔の警官に言った。

「車の流れに入るまで奴から一ブロック距離を保て」

前方の車は赤信号を無視してスピードを落とさずに角を曲がり、街に向かった。

「もう点けてもいいでしょう」警官が言った。

「どうだろう。奴がひと息ついたら、どう逃げおおせるかどうか、考え始めるかもしれない――そして奴の気が変わったら……」

警官が言う。「それは買いかぶりでしょう。してやったり、と思うはずです。奴の動きを見ていましょう」

スピードメーターが五十から六十になる。滑らかな道路のおかげでスピードが落ちない。もし奴が振り向いたら、変だと思わないだろうか？　だがもう仕方ない。

サイレンの大音響が彼らを恐怖に陥れた。前方では取り締まりをしているパトカーが脇道から出てきて追跡している。司祭の乗る車が赤信号を無視した。

「この車の番号は？」無線電話機を取りながらグレッグが尋ねる。これはついてない。計画外だ。プランにない。

「六七八です」

司祭の車は野ウサギが飛び跳ねるようにスピードを上げ、ときおり現れる車を縫うようにして荒っぽく進む。

無線担当が応答する。「六七八どうぞ」

「こちらマルモ事件担当エヴァンズ。サウス通りを走行中のカーナンバーE－６７５４２の取り締まりパトカーがうちの重大参考人を追跡している。やめさせてくれないか？　警官に連絡して距離を空けさせてくれ」

街に近づいてくると、彼らの後から急に数台の車が不気味に現れたが、速度は緩めなかった。サイレンが夜空を恐怖で満たしてゆく。パトカーは司祭の車に追いつきつつある。警官たちは今にもタイヤを撃ちそうだ。

その時、鳴り響いていたサイレンが次第に小さくなり、グレッグは安堵した。パトカーは停止し、グレッグたちの車が通り過ぎると、運転手が手を振った。二ブロック先で司祭を乗せた車が急に右へ曲がり、歩道に乗り上げそうになった。

「大丈夫そうです」警官が言う。

確かに大丈夫だった。司祭はホーギーのアパートの方面に進んでいる。恐らくパトカーのサイレンや追跡が却って功を奏した。司祭は考える暇がなかったのだ。

グレッグたちは敢えて、ホーギーのアパートから二ブロック離れた脇道で停車した。その一帯の様子は、先ほどの襲撃現場とほぼ同じだ。刑事たちが近くのアパートから監視し、数ブロックの範囲を無線車が周回している。

停車した車に留まるよう警官に言い、グレッグはホーギーのアパートから五つ離れたドアのアパートに急ぎ、通りを数えた。一帯はさまざまな様式の建物が連なっている。複数階あるフランスの城風、英国の木造、イタリアのルネッサンス様式。それらが脇道から数フィート奥まった位置で空にそびえ、峡谷のようだ。

グレッグは最初の通路の突き当たりのドアをノックすると同時に、鍵を錠に差し込んだ。再生機の前にあるリネン収納室の日本風のがらんとした床に、ターミー・サンダーズが座っている。

「やあグレッグ」彼が言う。

「様子はどうだ？」

「まあまあだ。室内は反響が強すぎる。何かあったか？」

「たいしたことはない」

ターミーが設置している現場回線電話が鳴った。ホーギーの部屋の通りを隔てたアパートにあるオペレーションセンターから直接かかっている。「司祭がちょうどガレージに入った」

ガレージは地下にあり、建物の下に翼を広げた鷲のように広がっている。司祭はエレベーターを使ったかもしれないし、アパートの正面からホーギーの部屋の裏手に繋がる階段を利用したかもしれない。ホーギーは通りにも出られるし、窓からアパートの間の狭い迷宮にも出られる、巧妙な位置関係だ。

「どこにマイクを仕掛けた？」グレッグが尋ねる。

「カーペットの下だ。床の隅から隅まで敷き詰められている」

「彼が上から踏んだらどうなる？」

「それでも壊れないし、余りにも薄くて彼も気づかないよ」

再生機がハチの巣のような音を立てた。ターミーが拳で叩くと静かになり、正常になった。

「ドアの錠を閉めてくれ。おい、おまえ最後に会った時と同じ格好しているな」ホーギーの声だ。

彼に恐れはなく、不安すらなかった。「おまえのことをずっと心配していたんだ」

「女と犬を始末しなけりゃならなかったから。他のふたりは縛り上げた」

ホーギーの静かな笑い声が再生機から響く。「犬を撃ったのはきつかったろうな。覚えてるぜ――ここにも一匹いたからな。人気者だった」

「おれたちが出てゆくのを警察が待ち伏せしている」

「どうして奴らに気づかれた？」

「何者かが銃声を聞いたかな――テレビの音量を上げたんだが」

「誰にもつけられなかったか？」

「ああ、ここへは。来る前にまいてきたから」

「それじゃ、仕事に取りかかろう。ところでザンプ、寝不足は覚悟の上だな」

再生機が数分静かになった。ターミーの横にうずくまっていたグレッグの脚が次第に悲鳴を上げ、呼吸するごとに空気が重くなった。

グレッグの目は再生機に釘付けだ。これは盗聴器の一部、重要な一部だ。今夜、誰がこれを怪物だと思うだろうか？　裁判所の規定でグレッグたちは有罪となるのか、〈家宅侵入〉で、人権宣言に則れば〈身体の安全を保障している権利〉を危うくしたことになるのだろうか？　むろんホーギーの権利は危険にさらされた。だが絞殺や刺殺、銃殺などで他者を苦しめた人物に、文句を言う権利などあるだろうか？

ホーギーが再び話し出し、グレッグは身構えた。「オーケー、チェックした。おまえのはどうだ？」

「数千ドル足りない」

「もう一度数えろ。おまえは数字に弱いんだから。おまえが数えている間、おれはもう一、二束確認しよう。何もおまえを信用していないわけじゃない――だがボスがそうしろと言うんだ。わかるだろ？　ボスはいつだって偽札をつかまされたくないのさ。偽札には断じて触れようとしない」

「勝手にやってくれ」

再び短い沈黙があった。再生機が唸るのでターミーは叩いた。

ターミーが言う。「そのうちこの機械は殺人の真っ最中に故障するんじゃないかな。新しい機械に署はこれっぽっちも金を出さないから」

司祭と会えて嬉しくてたまらない、とホーギーが繰り返しているうちに彼らの声が遠くなり、ドアに向かっているようだった。司祭自身は感情を出そうとしない。

数分後に連絡が入った。司祭と逃亡を助ける運転手がガレージを出ている。無線車が警戒態勢を取る。司祭たちを確保するまで、後わずかだ。

グレッグはターミーが盗聴室に繋いでいる直通電話をかけた。オールド66で盗聴中のホーギーとハリー・マローンとの会話を、ジョージ・ベンソンが一言一句復唱する。

「準備万端だ、ブリッツ」ホーギーが言う。

「よし」

「目的を達したらすぐに海外電報を打つ、その後に取引が完了したら、また打つよ」

「よし」マローンが繰り返す。

マルモ事件のオペレーションの第二段階が始まった。時間が物理的な重荷となってのしかかり、腕時計の針が回るごとに駆り立てられる。

グレッグはターミーと共に再生機のそばにいた。ホーギーが急ぎ足で移動するのが聞こえる。オペレーションから連絡が来たのは一一時四二分だ。「今タクシーが着いた。運転手が中に入った」運転手は警官だ。ホーギーが懇意にしているタクシー会社を、見張りは突き止めていた。

「行くとするか」グレッグは立ち上がった。

脚が痺れて歩き方がぎこちない。「盗聴室と連絡を取り続けてくれ。助けを呼ぶかもしれない」ターミーが言う。「まずはマイクを回収するよ。時間を十分くれ」

運転手がホーギーのドア口で荷物運びを手伝っている様子が再生機から聞こえる。ホーギーが忙しく言う。「午前〇時の飛行機に乗らなきゃならないんだ」

「ご安心ください」運転手が請け合う。

グレッグは通路を大きな歩幅で進んだ。通りに出ると、カップルがおやすみのキスをしているところに出くわした。「失礼」と言って歩道を行くと、ちょうどホーギーがタクシーに乗り込むところだった。タクシーが通りの向こうに消えると、グレッグを乗せる車が縁石に乗り上げた。

グレッグたちはときどきタクシーを見失いながら、だいぶ距離を空けて尾行した。〝タクシー運転手〟自身はグレッグたちを意識していた。彼の報告によると、計画の変更はないとのことだ。「二十三号車、空港へ走行中」

他の無線車は側道を通りながらも、ホーギーが急に計画を変更するのも視野に入れていたし、四十万ドルを護送していると意識していた。

空港で無線車がホーギーのタクシーの横を走っていると、タクシーは乗り口付近に停車した。空港職員が急いでホーギーのそばに行く間、グレッグは無線車からこっそり降りて、来た道を歩いて引き返した。チケットカウンターに通じる、入口の開いたドアが見える歩道に移動する。ホーギーはスーツケース三個と旅行鞄二個の重さを量っている。シャツ姿でコートを腕に持ち、襟元のネクタイを緩めている。彼はいかにもアウトドア派といったごつい顔付きで、屈託のない笑みを浮かべて航空会社の職員と話している。

グレッグは身の引き締まる思いがした。

ホーギーは数枚の紙幣を差し出し、せっかちにお釣りをもらうと、搭乗口に続くスロープに向かった。熱気を帯びた夜気が覆いかぶさる中、重い荷物に苦心し、子供とはぐれないようにしている客たちを押しのけながら、グレッグは場内を突っ切って進んだ。四十人程が離陸を見学している外のフェンスに向かう。中には大型貨物機自体が空を飛ぶという驚異に夢中になっている者もいるが、グレッグは見物客にはさほど気を留めなかった。この空港では、いままであらゆる種類の殺人犯や無法者を定期旅客機まで追い詰めたことがあったし、静かに追跡して事を荒立てずに逮捕した夜もあった。いつも同じだ――周囲には多くの顔が動いているが、追跡している顔以外は眼中に入らない。

いま、その顔が斜めに進んで、外の飛行機の横のタラップの上に立っている、ブルーのユニフォーム姿のフライトアテンダントのほうに近づいていく。ふたりの男が慌てた様子で後に続く。それからアテンダントは内部に入りドアを閉め、タラップが外された。低いエンジン音が衝撃を伴って轟く。

飛行機が飛行場の奥に移動する。グレッグは決して目を離さない。

アテンダントがホーギーにコートを預かりましょうかと尋ねると、「ああ、頼む」と彼は言った。通路を歩いてゆくアテンダントを彼は目で追った。それから窓の外に広がる光の帯と暗い建物群に視線を移した。落ち着かない手つきで安全ベルトを恰幅の良い腹に締める。

彼の後ろでは、長時間のフライトに備えてふたりの男性が寛いだ体勢で座っている。ひとりが葉巻に触れ、もうひとりは前の座席のポケットから紙《ばさみ》パンフレットを取り出した。

ふたりともシートベルトを締めていない。アテンダントはそれに気づいたが何も言わなかった。

通路の反対側のふたりの男は、窓の外を見ながら話している。

「彼女が見えないな」とひとりが言った。

もうひとりが答える。「もう帰ったんだろう。飛行機に手を振り続けるのは面白くないから」

通路の先でアテンダントが女に話しかけた。「どうかベルトをお締めください」

女は目の端でホーギーを見た。

飛行場の奥で飛行機は象のような確実さで旋回し、エンジン音を轟かせて、滑走路を走るのに備えていったん停止した。エンジンモーターが全開になると、客席が痙攣するように振動した。機内が轟音で満たされ、限界点に達しそうになる。

突如ホーギーの手首は万力に締めつけられたようになり、手錠がかけられた。彼の叫び声は誰の耳にも届かない。彼は声を上げ続けたが、何かに腹をつかまれ、激痛と共に吐き気を催した。武器を所持していないか荒々しく手探りされる中、彼は体をよじらせた。

その間、轟音は鳴り続いていた。

見物客たちはもうほとんどいない。グレッグはフェンスにもたれながらタバコに火を点けて、こんな夜に人をつかまえると思うと胸の鼓動が速まった。頭に浮かんだのは――ホーギーがシートベルトを締めたか、だった。ブラッドが主張したのだ――ホーギーが拘束された状態で逮捕する。さもないと銃撃戦になる可能性があり、警官が殺されたり、無関係な市民が流れ弾の犠牲になるかもしれないからだ。

飛行場の奥でエンジン音が小さくなった。出発したスロープに飛行機が滑らかに戻ってくる。グレッグの目の前に、華奢な脚を持つ巨大な船が迫ってきた。窓の奥に何らかの合図を探したが、ただ楕円の窓が並ぶばかりだ。ひどく苦痛な数分間だった――実際には二十四分――そしてタラップがドアの位置に取り付けられ、こざっぱりした空港係員が駆け上がり、ようやくドアが開いて、アテンダントが立っているのが見えた。彼女の横から刑事が身振りでグレッグに合図する。

グレッグは急に歩き出したので年配の女性とぶつかった。女性が「近頃の人は！」と言うのを尻目に彼は歩き去った。

空港事務所で若い係官から受話器を渡された。「先ほどからお待ちです」

「マクタミッシュにオーケーだと言ってくれ――われわれは彼を逮捕した」グレッグは送話口に言った。

マイクの前にいるマクタミッシュが見えるようだ。帽子をあみだに被り、襟を緩め、テレタイプの山を持って、あたかも世界を震撼させる最新ニュースであるかのごとく、途切れ途切れに読み上げる。

壁の時計が零時十分を指している。あと五分もすれば空港は閉まる。

「お礼の言いようがない」グレッグは、警察の捜査に一役買って嬉しそうな空港管理官に言った。明日のゴルフで話の種になるだろう。

デスクと調和する薄い色の卓上ラジオの音量を警官が上げる。グレッグは疲れてそばの椅子に座り込んだ。

これが結末だ——それとも続きがあるか。

早口で硬い口調のマクタミッシュの声が聞こえてきた。犯罪ニュースを伝えるいつもの彼らしくない。「街より十マイル東に位置する、五千人の兵が三夜にわたる演習を行っているロッキーヒルで今晩、攻撃演習があります。午後一一時に始まり、迫撃砲が発射され——閃光を——いま入ったニュースです。午前零時に東方面に離陸予定だった、アソシエテッド・エアプレーンに搭乗していた著名な中古車販売店主エドワード・アンダーソンが、数分前に心臓発作にみまわれました。現在は危篤状態です。当便は——当初より——十五分遅れその間フライトアテンダントがアンダーソンの荷物をコンパートメントから搬出しました。さて、演習のニュースに戻りますが……」

グレッグは立ち上がって言った。「さあ、ここまでは来た。後は見てのお楽しみだ」

グレッグはデスクを太鼓のように叩いた。長年にわたって毎晩——たいてい——ハリー・マローンはマクタミッシュのラジオを聴いている。

グレッグは立ち去りながら警官に言った。「もし彼が動かなければ、次の手立てを打たねばならない——だがマクタミッシュの番組で知ってくれれば、儲けものだ」

グレッグたちが建物から出た時、飛行機は再び飛行場を移動していた。刑事たちはタラップのそばに停めてあるパトカーへ向かった。

手錠をかけられて後部座席にいるホーギーがグレッグに気づいた。その顔は雄牛のようだ。

ホーギーが呼びかける。「警部補、これはいったい何の真似だ――容疑は何だ？」

「署で説明する」グレッグが答える。

「弁護士を呼んで――」

「署に着いたら、すぐに呼べるよ」

「あんたと話がしたい――ふたりだけで」

「言えばいい――何なりと」

ホーギーは身を乗り出して囁いた。「あんたと取引がしたい。新車同様のキャデラックがある。走行距離二百マイルだけで……」

「あいにくだが取引はしない」

「どういう意味だ？　誰だって取引する。何が望みだ？」

人々が友人を出迎えたり見送ったりして次第に去ってゆく。空港内でときおり響く拡声器から咳払いが聞こえる。

グレッグが公衆電話のブースに座った時には、午前〇時二三分だった。コインを入れて盗聴室に電話をする。第三の段階に至らないのではないかという恐怖に襲われているのを自覚する。

ジョージ・ベンソンがすぐ電話に出た。

「何かあるか？」グレッグが尋ねる。

「何も」ジョージが言う。グレッグは公衆電話の番号をジョージに伝え、それから雑誌スタンドに寄って、朝刊の早版の大見出しをぼんやりと眺めていた。

ブースで電話が鳴った。耳馴染みのあるジョージの陽気な声がした。マローンが街の主《おも》だった病院に電話しているそうだ。

グレッグはゆっくり外に出たが胸は早鐘を打っていた。マローンはじきにうんざりする。発作を起こした病人が運ばれる病院や終夜開業のクリニック、救急病院が街には何百もある。とても網羅できないと気づくだろう。

宵闇の中でタバコに火を点けると、再び電話が鳴った。

ジョージが報告する。「奴はエレンのところに向かっている。彼の言葉だ。『マーシュ、これから行く』それだけだ。彼女が答える前に電話を切った」

「ターミーに、おれが盗聴部屋で会うと伝えてくれ」

グレッグが上気を帯びた頬にかすかに潮風を感じた頃、暗く静かな裏通りで警察車両は速度を落とした。

「暑さが収まった」彼は何か言いたくて、そうつぶやいた。思い浮かぶのはエレンのアパートの〝窓〟と幅木の裏の盗聴マイク、そして空港の裏の荷物室で見張っている刑事たちだ。彼らの目がマローンを監視し、耳がオールド66の彼の声を聞いている。

「ええ、でも明日は猛暑になるらしいです」若い警官が言った。

マルモ事件のアパートにターミーは先に到着して、カメラマンと一緒に〝窓〟のそばに立っていた。ターミーは何も言わずにグレッグに手で合図したので、グレッグは、彼らが演じている芝居を邪魔しているような気になった。

エレンはしわくちゃのパジャマ姿だが、髪は梳かれ、化粧もしていた。ランプのそばにぎこちなく立っている。その灯りが彼女の顔のしわを深く見せている。数フィート離れたところにマローンも立っていて、隙あらば彼女のそばに近づこうとしている。いつものように彼はみだしなみが良い。

「きみの気持ちは嬉しいよ、マーシュ、だが――」

「あなたのお母さんを行かせればいいじゃない。よっぽど経験豊富だわ」彼女が激怒する。

「頼むよ、マーシュ、そう言わずに。言い合いはあの夜だけでたくさんだ。いつだってささいなことは気にせずに――」

「あの女はささいなことなんかではないわ」

「そりゃそうさ。ああ、何てきみは美しいんだ。この関係をこれからも続けたいんだよ」

「あなたが優しくしてくれるのは、わたしに使い走りをさせたい時だけね」

彼は何も言わなかった。彼女は表情を和らげて椅子の上で体を丸くした。「ごめんなさい――タバコのこと」

マローンが腕時計に目をやる。「時間が押していて――」

「あの女性とはどうなの？　何回――」

「一度もないよ、マーシュ。あの時に会ったきりだ。誓うよ。さあ――空港に預けられた荷物など注目する者はいない。誰の荷物でも受け取れる状態だ。彼の妹だと言えばいい。係がためらうようだったら、五ドル札を握らせればいい」

「キャデラックを買ってくれる？」

「それは明日だ、マーシュ。ここで帰りを待っているよ。タクシーを使って行ってくれればいい」

「あなたが行けばいいのに？」

「男が行くと色々訊かれる――でも美人なら……」

彼女は時間稼ぎをするようにタバコに火を点けた。「さあ――どうかしら。気が進まないわ、ブリッツ」

「ホーギーがあの飛行機に乗ったのだって、もしかして誰かが――」

「まさか」

彼女は視線を床に落としたまま座っている。「着替えてくる。タクシーを呼んでくれない？」

彼女が部屋を出る時、マローンが呼びかけた。「マーシュ」

彼女は振り返った。

彼は言った。「ご機嫌はなおった？」

エレンが頷く。「着替えてくるわ」

彼は無表情で老け込んだ顔をして〝窓〟を通り過ぎ、書き物机に近づいた。電話を引き寄せ、わずかに声を上げてエレンに呼びかける。「ぼくがどれほど動揺しているかきみには想像もつかないだろう。十九年――十九年だ――ホーギーと出会ってから」

「何て言ったの？」ベッドルームから彼女が問いかける。

「何も」

マローンはタクシーを呼ぶとタバコに火を点けて、部屋を歩き回った。

「急いでくれないか、マーシュ」彼は一度だけ言った。

「急いでいるわ」

署と常に通話状態になっている電話で、グレッグはエレンが――マローンではなく――荷物を受け取りにゆくはずだ、とブラッドに伝えた。署もまた、アパートの通りに待機している二台の監視車に情報伝達した。

ほどなくエレンがリビングルームに戻ってきた。体の線がさほど強調されないサマードレス姿だ。彼女は髪をふわりと膨らませた。魅力的な主婦のようにしか見えない。

「きみはいつもその場に合った装いをわきまえているな」マローンが言う。

褒められて彼女は微笑んだ。「まあ、ありがとう、ブリッツ」

彼女は囁き、彼の頭を引き寄せてキスした。最初は穏やかなものだったが次第に激しくなった。それもタクシー運転手がノックする音で中断された。

エレンは鏡で自分の姿を見ると、髪を後ろに撫でつけ襟を整えてから、ドア口でからかうように言った。「わたしから連絡がなかったら、警察に電話して」

冗談に付き合う余裕のないマローンは、すでにラジオのダイヤルを回して、ニュース番組が放送されていないか必死に探した。ないとわかると夕刊を手に取り、ウィングチェアにゆっくりとおさまった。

ターミーは〝窓〟から離れた。「思っていた通りだ。あの金がおとりだ」

グレッグが言う。「建物の周囲を見張らせよう」

すべての警官が持ち場についている。屋内でエレンを監視している四名は、彼女が在宅の間は指令があるまでロビーで待機している。裏口のそばに二名、そして他の二名が裏手の窓を監視している。

隣のアパートでじっと待っている間、これまでより時間が長く感じられ、土壇場になって何かドジを踏むのではないかと恐れた。ブラッドのオフィスとの電話は通話状態にしていて、無線で報告されるエレンの情報が伝わってくる。彼女は空港に近づくと搭乗者待合所でタクシーを降り、荷物室の場所を尋ねた。案内係はためらいつつも教えられた通りに対応したので、彼女は不審に思わなかった。ポーターが五つの荷物をタクシーに運び、タクシー運転手が後部座席にそれを載せた。タクシーはUターンし、ようやくアパートに戻ってきた。

マローンは次々にページをめくった。一度ランプの下に腕時計をかざし、椅子の背にもたれた。廊下から彼女の静かな足音が聞こえてくる。彼はきちんと新聞を畳んでテーブルに置くと、ドアに近寄った。ドアを開けるとエレンが錠に鍵を差し込んでいた。

タクシー運転手がバッグを三個持って彼女についてきていた。

「ここに置いてちょうだい」彼女は言い、鍵をバッグにしまった。運転手が壁沿いに荷物を置く。

「あと二個も運んできます」運転手が言う。

彼はドアを少し開けたまま行った。

「早かったな」マローンが言う。

「バッグすべてをちゃんと持ってくるはずだったのに」

マローンはバッグのひとつを足で押して他の荷物と揃えた。「ホーギーがこんな安っぽいトランクで移動しているとは信じられない」

「そう?」彼女のかすかな皮肉に気づいてマローンは彼女に目をやった。彼女の手をためらいがちに取り、きつく握る。エレンはただ微笑んだ――ささやかな勝利を手にした女性の微笑みだ。

残りの荷物を持ってきた運転手にマローンが一ドル札をやると、彼は喜んだ。「ありがとうございます。お気遣いいただきまして」

ドアが閉まるとマローンはすぐバッグに手を伸ばし、錠を探した。「ヘアピンとナイフはないか」

エレンが持ってくると、彼は器用に錠を開けた。

「もう腕が鈍っているかと思ったわ」彼女の言葉にマローンは低く笑った。

彼はバッグを開け、指先で優しくサイドを撫でた。裏地に少し切り込みを入れ、平らに並べられた紙幣の束を取り出す。


隣の部屋では、茅負《かやおい》（軒先の勾配を緩くするため垂木の上端に打つくさび形の木）から垂れる薄膜の音しか聞こえない。グレッグは目の前で展開されるドラマの最終段階を〝窓〟から監視していた。ターミーは退屈してそっぽを向いている。これも彼の仕事のうちだ。彼の楽しみは盗聴器を仕掛けることで、盗聴器から聞こえる内容には興味がない。

マローンが裏地に切れ目を入れたタイミングでグレッグが指示すると、カメラマンはターレットを回し、望遠レンズを対象物に向けた。グレッグは電話口に言った。「彼らを逮捕します」

グレッグは部屋を大股で歩いた。廊下に出ると、ホールで待機している刑事たちに身振りで示して玄関口で集まった。音がしないようドアの錠に静かに合鍵を差し込む。ひと息にドアを押し開け、三八口径ピストルを手に中に踏み込む。

マローンとエレンは振り返って、固まった。銃を見たエレンが叫ぶ。

「警察だ」グレッグが言って機敏に部屋を横切ると、刑事たちが後に続いた。

「おまえたちを逮捕する」

「マーシュ！」マローンが叫ぶ。

彼女が金切り声を上げる。「違うわ、ブリッツ、誓ってもいい」

「黙れ」マローンが言う。

グレッグが命じる。「動くな、その場でじっとしていろ」

グレッグが銃を彼らに向けている間、刑事がマローンに言った。「後ろを向け、壁に向かって立つんだ」

刑事がマローンをすばやく身体検査する。

「武器は持っていない」刑事がグレッグに言う。

もうひとりの刑事が、規則に反して両手でエレンを身体検査した。複数の自動ピストルをノラジャーに隠していた容疑者が過去にいたからだ。手つきが乱暴だったのでグレッグは言った。「優しくな、スティーブ」

マローンは口をすぼめて立ちつくし、視線をグレッグに向けている。「弁護士に連絡したい」

「署でやれ」グレッグは答えた。

「おれはハリー・J・マローン、海外取引のディーラーだ――オフィスはザ・ロウにある。財布に身分証明書が入っている――取り出していいか」

「とっくに知っているよ、ミスター・マローン」

めそめそ泣いていたエレンが、マローンに両腕を巻きつけて涙にむせぶ。「ああ、ブリッツ、ほんとに愛しているわ」

マローンは身じろぎせず立っている。「静かにしていろと言ったはずだ、マーシュ」

グレッグが彼女の肩に手を掛ける。「ミス・マーシャル、やめてください」

彼女は振り返ってグレッグに向き直ると、彼の顔に痛烈な一発を見舞い、両拳で彼の胸元を叩いた。

グレッグは驚いて後ずさり、彼女の両手首を握った。刑事たちが彼女の両腕を左右からつかむと、彼女は泣きながら足を引きずって歩いた。

マローンが言う。「刑事さん、申し開きをしたい。わたしはこのエレン・マーシャルという若い女性のところへは、めったに来ない。彼女が関与していることや、犯した罪には関知していない。わたしの状況は理解してもらえるはずだ。恥ずかしながら年甲斐もなく浮ついて――だがつい……」

突然、室内に奇妙な静寂が訪れた。

第三十三章

次の日の夜、リビングルームに入る前にコーキィは灯りのスイッチを押した。暗い部屋にひとりで帰る、この瞬間が辛い。ときどきレストランの仕事を終えてから、大学のキャンパスをわざとゆっくり歩く。そうすると毎晩八時に来る婦人警官が先に家にいるからだ。彼女は無口だが、それでも彼女の足音や物音は気持ちを楽にしてくれる。

古時計の針が八時一五分前を指して、陽気な高い音で鳴る。コーキィはパンと卵をキッチンに持っていき水切りマットに置くと、再びリビングルームを通ってベッドルームに行った。シャワーを浴びた後、さっぱりした柄物の綿のワンピースに袖を通す。髪をとかしている時にノックの音がした。彼女は手を途中で止めて耳を澄まし、聞き間違えではないかと思った。鏡の中の自分を見て、瞳の中に予期せぬ恐怖が宿っていると気づく。何事にも、ちょっとした音にもいまの彼女はすぐに驚く。恐怖を怖がっている状態だ。日を追うごとに彼女の内部で何かがはびこり、暗い塊となってうごめく。

再びノックの音がする。彼女はドアを開ける前に、誰かと尋ねた。動物の唸り声がした。パンサーが決めた合図だ。コーキィは笑いながらドアを大きく開けた。彼は革のように硬い顔にかすかな笑みを浮かべ、目じりにしわを寄せている。

「よかった、会えて嬉しいわ」彼女は言って手を差し出した。彼は親しみを込めて手を一秒ほど強く握り返した。長居できない、ミックと一緒に試合に誘おうと思って立ち寄ったのだ、と彼は言った。

「今夜の相手は手ごわい。マドリッドからきたボマー《爆撃機》だ」

彼女は説明した。「ミックは仕事なのよ、パンサー。古いデリックのタイヤ工場で夜警をしているの」

「そうか、ミックに合ってるな」

コーキィは心が温かくなり微笑んだ。ザ・パンサーは彼女の周囲の人に好意を持ってくれる。彼がそういう人でありがたい。

「これから一緒に来ないかい?」

彼女はためらった。「勉強があるし……」

彼は笑った。「きみは勝利の女神なんだよ、コーキィ。きみが来ると必ず勝つんだ。試合が終わったらソーダフロートをごちそうするよ。ザ・パンサーを知っているだろう――金離れが良いんだ」

彼女は一瞬、何故か後ろ髪を引かれたが、それを振り落とした。彼女はメモと鉛筆を探した。「ルームメイトに伝言を残すわ」

「あの婦人警官はまだいるのか?」

コーキィは固まって彼を見てから、微笑んだ。「どうして知っているの?」

「彼女たちが私服でもわかるよ。婦警のことは放っておけ。パンサー兄貴が守ってやる」

だが彼女はメモを残した。

階下に行くとパンサーは彼女のために車のドアを開けてくれた。急に日が暮れた側道を通ってゆく。道中、彼はオーストラリアでカンガルーと対戦したり、アラスカでクマと戦ったりした話をしてくれた。「どちらが怖がっていたかわからないよ。クマかおれか」

会場に着いて、彼が彼女の席を教えてやっていると、客が声をかけてきた。「よお、パンサー」

パンサーは彼女を残して更衣室に行った。

前座の試合は退屈だったが、金を払っている観客は大絶叫して元を取っていた。メインイベントの時には興奮は最高潮で、座席に沿った人の列が波打っていた。

パンサーがヒョウのローブをはおって奥の通路を尊大に歩いてくると、稲妻のような轟きが上がった。彼は領主が農民にするように手を振り、観客は野次り、叫んだ。ザ・ボマーはほとんど無視されている。

レフリーが二選手を紹介する。レスラーたちは激しく睨みあい、その顔が玉のような汗で輝く。レフリーがパンサーのローブを脱がそうとすると、パンサーは彼を払いのけて叫んだ。「汚ねえ手を離せ、くず野郎。ローブは自分で脱ぐ」

観客は大興奮だ。

ザ・ボマーが握手を求めたが、パンサーはそれを拒否してそっぽを向いた。ゴングを合図にパンサーは雄叫びを上げると、一同が真似した。

タバコの煙が層になって漂い、コーキィの目を刺す。周囲の人たちは皆叫んでいる。前席の男性は立ち上がり、拳を振って絶叫している。テレビアナウンサーの実況が彼女の耳に届いた。「……パンサーがアームロックでテークダウンします……ボマーは彼の肩に乗り、カウント、ワン、ツー……ボマーがコークスクリューで反撃……いったん離れて……」

前席の男性が座った時、パンサーはかすかに屈んだ姿で立ち、厚くてがっしりした両手を伸ばして待っていた。彼の腕の筋肉は盛り上がり、どんな男性の息の根も止められそうだ。

そして彼は戦術を変えた。ザ・ボマーに容赦なくドロップキックを浴びせる。ザ・ボマーはうつ伏せにマットに倒れた。パンサーがその上にのしかかって手首を締め上げる。レスラーたちがロープのそばに来た時、パンサーはコーキィを見ていた。パンサーは顎の筋肉を引き締め、唇を引き結んで相手の手首をねじっている——コーキィは骨の折れる音が聞こえるのではないかと思うほどだった。パンサーの顔は、彼女が初めて見る、獣のように野蛮に歪んだ表情だ。だが彼の瞳には、彼女の心を震わせるものがあった。

不意に肩を触られコーキィは驚いた。案内係が言った。「あなたのボーイフレンドが怪我をしたと伝えてくれ、と外で男性に頼まれました」

第三十四章

十四時間熟睡した後グレッグがブラッドのオフィスに行くと、彼はファイルを見ながら独り言をつぶやいていた。「この少女たちが何か知っていたかどうか」

彼はファイルの引き出しを閉めて「座ってくれ、エヴァンズ」と言い、デスクに戻った。

「われわれは勝負に入っている」ブラッドは言い、安葉巻にマッチで火を点けた。

「だが証拠を握っている点は評価できる。夕刊を見たか？」

「まだです」

「マローンはそれぞれに十万ドルの保釈金を支払った――おまえとおれが十ドル札を出すように。彼らはライスとウェアリングとホナーを弁護人に立てた」

彼は火を安定させるために数回葉巻を吹かした。「この電報を見てくれ。国内で誘拐やゆすりに遭った人たちは皆、われわれが解決してくれると思っている――まったく、大勢を相手にすることになりそうだ」

ブラッドは煙を吐きグレッグを用心深く見た。「何の用で来た？」

グレッグは深呼吸した。「異動を希望します、殺人課に戻してください」

「何故？」

「デカの実感を味わいたい——泥棒のようにこそこそするのではなくて。市民や新聞や議員や裁判所が判断を下すまで——」

ブラッドがデスクを叩いた。「くそ、エヴァンズ、盗聴室に座っている時によくそんなことが言えるな——この成果を百も承知で？　これなしではマルモ事件を解決できなかった」

「わかっています——でもそれは——」

ブラッドが立って歩き回る。「いったい何の話だ。合衆国憲法修正第四——第五か。おおかたあれを書いた連中は、いま生きていたら同じようには書かなかっただろう。それを考えたことがあるか？」

グレッグは嵐が静まるのを待った。「あなたの気持ちはわかります——わたしも同感だと思うことがありますから——でもそれはただ……」

彼の声が次第に弱まった。ドクター・バンティンの言葉が思い出される。「……人間の基本的自由の問題です……人が自宅に座って、寛ぎを感じ、何者にも邪魔されないという……」

「わかった、エヴァンズ」ブラッドは落胆を隠さずに言った。「異動させよう」

話は終わったというようにブラッドはデスクに戻ったが、最後に言わずにはいられなかった。「おまえは神経質すぎる、エヴァンズ——だが仕方ない。大学出はこれだから」

グレッグは六区画歩いて盗聴室に行った。最高裁の判決で〝市民の節度ある再考〟について何か言及したはずだ。この数年には判決が下るだろう。

ジョージ・ベンソンがすぐに立ち上がった。傍受器の数台が稼働している。時計の針は八時十五分前だ。

「ねえ、もし彼とデートするなら、きっとブライユ点字を使って読んでくれるから……」

「……あの肉屋ったら、広告では五十七セントなのに、六十七セントだって言ったのよ」

「……とびきり可愛いんだ、コブラが好きなら……」

「……あの床屋の先をずっと行った先の水辺で、奴らが大物を釣っていて……」

お馴染みのお喋り。ハチの巣が唸り音を立て、ネコが喉を鳴らすのと一緒だ。

グレッグはオールド66を見た。ジョージが過去の再生記録に平紐を結んでいる。その後ろには紙が雑に付けてある。「マルモ事件解決、九月二十二日」

ジョージが言う。「新しいコンデンサーが手に入るかもしれない――音声を本来の質に戻せる」

「ローガン事件については?」

「何もない」

テック12が喋り出した。ミセス・アンドリューとミセス・ピートだ。「びっくりすることがあったの。ジョーンは大喜びしているわ。今朝人形が届いたのよ――娘と同じくらいの大きさの。ほら、シャンプーできたり、おむつを付けたりできるお人形。添えられていたカードには――陰のファンより、と書いてあったわ。誰だか見当もつかなくて……」

わかっているとばかりに口元に笑みを浮かべてジョージが視線を向けたが、グレッグは目を合わせなかった。

「ローガンの件で何かあったら教えてくれ」彼は言い、自分のオフィスに戻った。

グレッグはデスクワークに集中した。書類の山が半分ほど片付いた時、署の交換台から外線が回されてきたので応対した。「エヴァンズです」

すると軽やかな女性の声がした。「もしもし、ミスター・エヴァンズ――大学のジェーン・メレディスです」

「ああ、どうもドクター・メレディス」

「音声記録の分析がいま終わりました。お時間がある時にこちらに来ていただけますか……」

グレッグはいまが午後九時一〇分であることを確認した。「もう夜ですが――これからでは？」

「いいですよ――あることに気づきまして」

彼は書類を再び積み上げ、ジョージに行く先を伝えると、急いで車に乗った。十分後には、かつては牛道だったという、うねった大学通りを走っていた。

ドクターは彼を陽気にかつ手短に出迎え、すぐに本題に入った。彼女の声が興奮を帯びているのを感じながら、グレッグは彼女のデスクの横の、背もたれがまっすぐの硬い椅子に座る。

ドクターが切り出す。「わたしはふたりの男性をテープで呼んでいた名前――ブリッツとホーギー――でしか知りません。だからわたしも同じ名で呼びます。ホーギーが言う『彼ら』は――第三者と呼びます」

ドクターはためらった。「始める前に、犯罪心理学の最も古い概念について説明する必要があります。ある人が通常パターンから外れ、身体反応に現れるのを隠そうとするのは――言わば恐怖や不安に陥っている証拠です」

ドクターが紙を手に取る。「ホーギーの行動パターンの不一致を記録しました。彼が第三者について話す時、いつも彼の声の特徴は変動しています。彼の言葉数が減るのは、言葉を選んでいるからに他なりません。ブリッツに状況を尋ねられるたびに彼はしばらくためらいます。彼のゆっくりした話し方やためらいは、せっかちにまくし立てる通常の話し方とまったく異なります。ホーギーが第三者についてではなく、他の対象を『彼ら』と言っている時の様子に耳を澄ませてください。これは平均水準です——他の単語を話している時と変わりません」

グレッグはドクターが切り貼りしたいくつかの会話を聞いた。夜の静かな室内に響くホーギーの声は、亡霊が語っているように耳に響く。

「そしてこれが第三者を『彼ら』と言っている時のもの。単語にストレスを感じているのが聞き取れるはずです」

グレッグはようやく言った。「彼は口に出すのを怖がっているようだ」

ドクターは頷き、再生機を止めた。「もう一点あります——会話を何回か再生した後に驚いたのですが——あなたも知ったら同じ感想を抱かれると思いますが——その第三者はホーギーにずいぶんと話をしていて、彼は常に基本的な二点を把握していました。（1）襲撃のおおよその時間、そして（2）おおよその手段——偶然にも、です。だからと言って、実行犯が前もって襲撃予定を逐一、ホーギーに打ち明けたとは結論付けられません」

ドクターはきちんと綴じてあるタイプ書類を手に取った。「第三者についてブリッツがホーギーに直接尋ねた四十三件について表にしました。これを見ると、四十三件にはっきり答えているのに気づくことでしょう。彼は第三者の考えまで把握しています。彼はこう言っています。『彼女は衰弱しきっていて——妹に本性を知られたくないのだ、と彼らは考えてるよ』」

ドクター・メレディスが微笑む。「夫婦のように親密な間柄でも、誰かが妻の買い物予定四十三点を夫に尋ねたら、全部は答えられないはず。でもホーギーは答えている。つまり——殺人犯がいくらホーギーを信頼していたとしても、彼ははるかに知っているということになる――それに、事件について話す時の彼の身体反応を加味すると――そう……」

グレッグはドクターをちらりと見た。彼女が頷く。「ホーギーがあなたたちの探している第三者。彼が〈彼ら〉なの。彼は〈彼ら〉という言葉で、何らかの行動をブリッツに隠そうとしているのは明らかだわ」

「これで合点がいきます」グレッグはブラッドに言った。「彼を何日も調査し、彼と話した人物百五十人以上を尾行したが、〈彼ら〉に当たる人物は見つかりませんでした。彼の電話を傍受しましたが――〈彼ら〉らしき人物と話した形跡はない」

ブラッドはバスローブ姿だ。彼のリビングルームの奥でグレッグと低い声で立ち話をしている。

「外で話そう」ブラッドが提案した。

グレッグのためにドアを開けてやりながら、ブラッドは尋ねた。「どう推理する?」

「マローンがほとんどの金をぶんどっているのを知って、ホーギーは嫌になったのでしょう。半々のはずが十五パーセントの取り分になっていた。マローンのケチな性分がホーギーを焚きつけた。彼は自分で強盗しようと決めたのです」

ブラッドが口を挟む。「あの六万ドルの現金輸送車運転手の殺人もだな?」

グレッグが頷く。「マローンには隠しおおせたはずです、まったくノータッチですから。だがホーギーにはマローンが必要だった――国外に金を運び出すために。ホーギーの単独犯行の可能性が出てきました」

彼らは冷え込む暗い中庭の椅子に座った。夜空に星々が輝く。グレッグは続けた。「輸送車運転手が殺されたあの金曜日に、ジャンがひどく衝撃を受けていたとわれわれは把握しています。恐らくホーギーは見張りが必要だった。彼がジャン・ローガンとデートしていたのは確かです。おおかた数千ドル稼ぎたくないか、と彼女に持ちかけたのでしょう。手を汚さずにすぐ終わる仕事だと言って」

開いたドアから灯りが漏れ、背が高く痩せた女性のシルエットが浮かんだ。電話が入っている、と女性が言う。ブラッドは電話番号を訊いておくよう頼んだ。

「話の続きを」彼がグレッグに促す。

「むろんジャンは実際の犯罪には関わっていない可能性があります。彼女はたまたま犯行計画について知ったのでしょう――気を許したホーギーから直接聞いたかもしれません――そして彼を脅そうとした。とにかく、予想がつくでしょうが、ホーギーは動転してしまったはずです」

彼はいったん口をつぐんだ。ブラッドが何も言えずにいるとグレッグは続けた。「ジャンは飲みすぎて口が滑ったのかもしれない。そして彼女は恐怖も感じた、というのは自分が窮地に陥ったと知ったからです。彼女は同じ状況の者なら誰もがする行動に出ました。彼女はホーギーに言ったのです、もし彼女を殺そうと思っているなら――彼女にもしものことがあったら警察に伝えてくれ、と人に頼んである、と。コーキィに頼んだと言ったかもしれません。そしてホーギーはいつかコーキィが話すかもしれない、と考えた。彼女は彼を破滅させる証人、彼をガス室に送るかもしれない人物と認識したのです」

第三十五章

案内係が指差す路肩に、光沢のあるツートンカラーの車が停まっているのを見て、コーキィは駆け寄った。心臓が早鐘を打ち、身体は震え、頭が混乱する。新聞売りの少年にぶつかり、商売品をめちゃくちゃにした。彼女は少年を立ち上がらせ、新聞を一心不乱に拾い始めた。車のドア付近で待っていた男が彼女に叫び、少年に一ドル札を放り投げた。

「ミックがどうしたの？」彼女は叫びながらシートに腰を降ろした。男が車のドアを閉める。男は大柄に似つかわしい勇ましい顔つきで、マスティフ犬のようだ。彼女を見ようとしない。大股でゆっくりと車の前に回る。

「彼は自動車事故に遭った」エンジン音にかき消されないよう声を上げて男が言う。急発進したので、コーキィの頭が後ろに反りかえった。車はスピードの出し過ぎで大きく揺れる。

「事故ですって？」彼女は叫んだ。

ミックは勤務中で、デリック工場にいるはずなのに。

「彼は脚を折った――内部組織の損傷を受けているかもしれない」男の話に彼女は胸が締め付けられた。

男は車線変更を繰り返す乱暴なハンドルさばきだ。彼の目は前方の道路とバックミラーをせわしなく行き来している。

「彼はどこにいるの？」

「ウエスト・エンド病院だ」

ああ、神様、どうかお願い、彼女はつぶやいた。その時、ふと疑問が浮かび、膨らんで、やがて頭いっぱいになり、叫び声を上げそうになった。

「ミックはどうしてわたしの居場所を知っていたの？」彼女は口走った。

男性が彼女に鋭い眼差しを向ける。

「知ってたのさ」彼がぶっきらぼうに言う。

ミックが知っているはずはない。彼女が家で勉強していると思っているはずだ。

コーキィは身をよじってドアに体を寄せた。男は目の端で彼女を監視している。彼女は慌てて汗で湿った両手をドアに伸ばしたが、取っ手がなく内側からは開けられない。熱気をはらむ夜なのに、窓ガラスが上がってゆく。男性が赤信号で急ブレーキをかけると彼女は叫んだ。男が左の拳を回してコーキィの顔面めがけて殴り、彼女を黙らせる。彼女はのけ反ってカーシートに頭をぶつけた。

「おれは四五口径を持っている」男は言いながら、銃を彼女の脇腹にこれでもかというほど強く押しつけた。

「今度わめいたら、こいつをぶっぱなすぞ」

信号が赤から緑に変わると男は車を急発進させた。走行中も彼は左手でハンドルを握り、右手で銃を彼女に押しつけている。車は街を通り抜け——コーキィが知らぬうちに——夜更けの郊外の町に入っている。角の街灯と、時折すれ違う車のヘッドライトだけが宵闇を照らす。

「四五口径を見たことがあるか？　一発でおまえはまっぷたつになって、内臓が飛び出るぞ」

コーキィを尾行していた刑事は、パンサーが最初のフォールで勝つ様子に、ほんの数秒目を離していただけだった。刑事が視線を戻すと、彼女はいなくなっていた。むこうずねをぶつけながら通路を突っ切り、慌てて外に出た刑事は、新聞売りから状況を聞いた。

殺人課に電話するために会場に戻りながら、刑事は悪態をついた。だから尾行の任務はひとりじゃ無理だと言うんだ。

勤務中の巡査部長が就寝中のビル・エーカーズを起こした。エーカーズは電話で指示して、十分後にはシャツのボタンをかけながら連絡を入れた。その一、二分後に到着したグレッグは緊張で喉が渇いた。

その時までには全部署緊急連絡が終わっていて、ホーギーとコーキィの人相と車の車種が伝達されていた。そのニュース――誘拐された疑い――はラジオ局の深夜番組ですでに流され、ＤＪが緊急に報じていた。

前夜の緊張を経て目に疲労の色が濃いブラッド・ランカスターが到着した時、殺人課はすでに保安官事務所と交通警察の援軍を取りつけていた。数分のうちに主要な通りを封鎖し、夜中に赤色灯が不気味に輝き出した。ほどなく保安官事務所のヘリコプター二機が、ゆっくりと星空の田園地帯を旋回して調べ始めた。

もし男が街を出たら、逮捕できる。もし薄汚い裏通りの薄汚い部屋に隠れていたら、男を見つける前に彼女の遺体を発見するかもしれない。

持ち場ごとにブラッドが指示している間、ビル・エーカーズは犯人追跡の指揮を執るため詳細を詰めていた。警察、保安官事務所、交通警察の仕事を関連付けて彼は配備した。放送を聞いた人から来た電話をふるいにかけたり、無線中継やニュースに備えたり、命令に従って迅速に行動する準備をしている無線車や持ち場を記録したり、装備――ショットガン、ライフル、機関銃、催涙ガス砲弾、灯光器、手錠、足枷を確認するためだった。

グレッグは手がかり捜査の許可を求めた。部下をひとり連れて急いでホーギーの中古車店に行くと、店は昼間のように煌々としていた。通りを横切りながらホーギーの車――署に連絡されている車――がオフィスのそばに停まっているのを認めた。

彼らが店内に入ると、がっしりした販売員の男が眠気を振り払ってふらふらと立ち上がった。

「警察だ」グレッグが警察章を見せる。

「今夜ホーギー・アンダーソンはどの車に乗っていった？」

男は目が覚めたようだ。「いま何て？」

「ごまかすな」

男はぐずぐずしている。「勤務が午後八時からだったので」

グレッグが男の胸ぐらをつかんで壁に押しやると、オフィスが揺れた。

「訊いていることに答えろ」グレッグは言った。

男はごくりとつばを飲んだ。「突然やってきて――寝起きの人間を――小突くなんて。気に入らねえな」

グレッグは男を揺すった。「おい、とっとと言え」

男がしどろもどろに言う。「一九五五年型のビュイックだ」

「色は何だ――タイプは？」

「屋根はハードトップ、ツートンカラー、屋根がグレー、サイドがブルー。サイドウォール・タイヤ」

ホーギーはひっきりなしに腕時計に目をやった。時間に追われている。猛スピードでタイヤを軋らせながら主要高速道路から脇道に入ると、舗装された田舎道に沿って今度はゆっくりと安全運転で進んだ。

コーキィはできるだけ恐怖を押し殺した。頭をしっかりとさせて逃げる機会を窺うことにした。彼は事故に見えるように、銃を仕舞う必要がある、その時に逃げるのだ。

見渡す限り平らな田園地帯に道路がまっすぐ続いている。闇夜にときおり田舎家がぼんやりと現れる。犬がフェンス越しに獰猛な唸り声を上げる。飼葉と収穫期のカボチャの乾いた匂いがねっとりと漂う。計器盤の灯りで浮かび上がるホーギーの顔を彼女は盗み見た。彼は道路を見ているが、彼女をも監視している。

コーキィは気を落ち着けた。

彼女は囁いた。「わたしが何か知っているると思っているんでしょう。そう警察が言っていた。でも知らないの――神に誓って何も」

「勝手に言ってろ」

「わたしに訊いてちょうだい――何でも」

「黙れ」ホーギーは銃を強く押しつけて彼女を脅した。彼は再び腕時計を見た。

しばらくして住宅が見えなくなったことに気づき、コーキィはさらに危険を感じた。運転席の外には高いフェンスが――農地を囲うにしては高すぎる――果てしなく続いている。ヘッドライトが道路付近の表示を照らした時、巨大な太文字で――**不法侵入禁止――米国軍用地**――と書かれた看板がすぐに過ぎ去っていった。

コーキィは両脚の力が抜け、痺れて感覚がなくなった。ひょっとして軍の人たちに助けてもらえないだろうか。

ホーギーはかなり速度を落とし、左側に目をやっていたが、フェンスの切れ目を見つけて、その中を車で通り抜けた。フェンスが切られて片方に押し開けられていた。

轍の跡ででこぼこになった道を走る間、彼はヘッドライトを消していた。土地の広大さと孤独な状態に、彼女は恐怖が募った。

彼は丘で停車してエンジンを止めた。彼女が背筋を伸ばして見る限りでは、ここはなだらかに起伏した小高い場所だった。幾千もの星々が低く輝いている
彼が銃を外すと、彼女の中に鈍い痛みが広がった。ホーギーが彼女に向き直ると、彼の体重がのしかかり、タバコの匂いがした。彼は体重をかけて彼女の両腕を下ろさせた。

「さあ姉貴よりいくらかましかな」彼は唇を彼女の唇に押しつけ、極限まで彼女の頭をのけ反らせた。

彼女は激しくもがき、空しくも全身で彼を押しのけようとする。彼の大きな手が彼女の体をつかんで執拗に愛撫し、彼女はその辛さに抑えていた悲鳴を上げた。

ホーギーはようやく体を離して深く座った。苦しそうに息をして、意味深な視線を彼女に注いでい

る。彼はハンカチで口を拭った。コーキィはただ打ちのめされて待つしかない。

彼は静かに言った。「おい、猶予を与えてやっているんだ。おまえが何か知っているとは思わないが、その証拠が欲しいんだよ」

彼女は声が出なかった。喉から音が出ただけだ。

ホーギーはゆっくり車の外を回って彼女の横に来た。荒涼たる田園地帯にしばらく目をやって、再び腕時計を見てからドアを開けた。

コーキィは肩から転げ出た。万力のような強さで片方の手首をつかまれる。彼の爪が肌に食い込んで傷つける。

彼は言った。「この道を辿ればいい。向こうの村が見えるか?」

彼女は空いている手で目をこすり、暗闇の中、窪地よりいくらか深い谷間に建物をいくつか見つけた。

「あそこから車で街へ戻ることができるぞ」

ホーギーは力を弱めたが、まだ彼女の手首を握っている。「おまえから証拠をもらったっけ?」

コーキィは話そうとしたが空しくも音が出ただけだった。彼が手を離す。彼女は彼をじっと見たまま一歩一歩後ずさりした。ホーギーは再び車に乗るとヘッドライトで彼女を照らしたので、コーキィは目が眩んだ。

わたしを追い詰めるつもりだ、狩場の野ウサギのように。

コーキィは激しい恐怖に襲われ、最後の息も力も絶えた。彼女はよろめいて地面に倒れると、ライトに照らされたまま、車が轟音を立てて向かってくるのを待った。

エンジン音が通常の回転に戻るのを聞き、彼女はふらふらと立ち上がった。ヘッドライトはもう彼女に向けられていない。車がターンした時、彼女は信じられないまま見ていた。車は来た道をゆっくり走って行く。一度だけ彼が振り返った気がした。

彼女の脚は理屈なしに動き、ただ来た道をふらふらと進んだ。角を曲がると右手に黒っぽい小屋があるのを見て、コーキィは希望が芽生えた。走り出してつまずき、立ち上がって、助けてくれと叫びながらドア口に着いた。叫びながら闇雲にノックしたが、中に誰もいないとわかった。半べそをかきながらふらふらと立ち上がる。この場所はやけに寂れている。

一九五五年型ビュイックの詳細を伝達した直後、二二五部隊から通信システムに無線が入った。

係官が言う。「二二五部隊より報告。情報伝達前に、特徴と合致する車両を高速八〇号線で追跡した。速度違反の疑いがあったが、規定速度を越えなかった。車両は北のデボン通り方面に走り去った」

通信システムが活気づく。ビルやグレッグ、他の警官たちが蒸し暑い部屋に集まる。グレッグがその付近の五マイル四方の地図を出し、八〇号線に赤いピンを刺していると、ビルが言った。「八〇号線からデボン間、そしてデボンからウィルソン間を道路封鎖しよう」

通信システム係官が保安官事務所に話す。「田園地帯だ」彼の声が次第に高くなる。「われわれが侵入して構わないか?」

係官はビル・エーカーズに向き直った。「了解を得ました」

テレタイプ担当が急いでタイプする。「**容疑者が高速八〇号線寄りのデボン通り北にいる模様。デ**

ボンから八〇、デボンからウィルソンの道路封鎖」

通信官の一本調子の声が流れる。「四六部隊と二七八部隊はデボンからウィルソンへ。道路封鎖を行うこと。容疑者は八〇号線から当該方面へ向かっていると考えられる。一八八部隊と七七部隊はデボンから八〇へ。容疑者は北へ向かっていると思われるが、引き返す可能性あり」

ビルが係官に指示する。「よし、進めろ」

そしてグレッグに言った。「おまえはデボンからウィルソンへ行け。奴が引き返して来たら無線で伝える」

グレッグが部屋を出る時、ビルの声がした。「ヘリコプターから連絡は？」

グレッグは二段飛ばしで階段を下りて地下駐車場へ行くと、車両が次々と出発していた。デボンとウィルソンが重要地点だと踏んだビルの指示で、新たにふたりの刑事がグレッグと乗り込むことになった。

ざわめく街を走り抜けると、暑い空気が刑事たちの顔に突き刺さった。

ホーギーはゆっくりデボン通りを走行していた。ショーが始まるのを待つつもりだ。彼女が逃げおおせる可能性はないが、もし逃げたら車を探しにこの通りに来るはずなので、待ち構えているのだった。

綿密な計画が簡単にうまくいって彼は上機嫌だった。湖では彼女をつけ回してつかまえようとした。いま思えばどうかしていた。彼女が街に戻った時は、すぐにつかまえられなかった。そしてマドリードへの高飛びの頃になって、もう彼女のことは忘れてもいいのではないかと思うようになった。全額持ってマドリードへ行き、ヨーロッパのどこかに潜伏する。だが彼女のことは常に頭から離れなかった。いつか警察に彼がつかまったら——そうなると、中途半端に止《や》めるべきではない。彼が飛行機から降ろされると誰が想像しただろう？

そしていま、長年忘れていた爽快感が満ちている。ブリッツとエレンと一緒だった昔、危険が隣り合わせではらはらしていた、あの頃のようだ。

身じろぎして抵抗するコーキィの抗う唇や、抱きしめた時の彼女の体の滑らかな感触を、ホーギーは思い出した。

いまは万事順調だ。係争中の金の件はブリッツに嫌疑がかかっている。ブリッツはこういう事には頭が冴える。数か月かけて法律を駆使して逃げ切るだろう。だがこの件は——ジャンの妹の件は——彼をガス室送りにするかもしれないし、逃げ道がない。ブリッツは彼の裏切りを知って見放すだろう。

ホーギーは愚かだった。いまとなってわかる。ブリッツが正しかったのだ。彼はまさに行動の人だが、それがブリッツの生き様だ。

あの時ジャンは長い脚を揺らしてバーのスツールに座っていた。五千ドルに興味を持つ——そして金のために彼女が従うだろう、と彼は踏んだ。ジャンはためらったが、三杯目の飲み物が彼女の内側を温かくした頃には、決行はいつかと尋ねてきた。

何が起こるかホーギーにはわからなかった。誰がわかるものか。あのよぼよぼの老いぼれが銃を構えるとは？　奴を殺してもホーギーは気にしなかったが、ジャンはひどく気にかけた。そしてあの女は、酒に酔って喋りすぎた。そして素面になったら、金の件で警察に密告すると脅しやがった。彼女の言葉を覚えている。「わたしを始末しようと考えているなら、やめることね――わたしに万が一のことがあったら警察に知らせて、と妹に言ってあるのよ」

ホーギーの心は激しく揺れた。ジャンのせいではないにしても、コーキィがどこで休暇を過ごしているか知りたかった。だが彼女は休暇先について漏らしていた。彼は察知するのに長けている。決してお喋りを聞き洩らさない。

ホーギーは腕時計を見た。まだ三分しか経っていない。この案は直感的に思いついた。これは事故だと誰もが納得するはずだ。どうやって彼女がここに来たのかと不思議がるだけだ。尾行していたふたりの警官を巻いてきたから、ホーギーを疑うかもしれない。弁護士のおかげで釈放してもらってから、三十分で尾行されていると気づいた。だが誰も証言できない。それは確かだ。

頭上で何かが激しく回転する音がするのに気づいて、ホーギーは窓から顔を出した。ヘリコプターが低く飛行している。彼はフロントガラス越しに下から上空を覗き込んだ。機体が通り過ぎていくのを見て、彼は安堵した。

その時、道路のど真ん中で回転灯が波打っているのを認めた。ホーギーはアクセルを踏み込み、ハンドルを握ってUターンした。サイレンが聞こえてきて、オートバイが轟音を立てて追ってくる。ヘリコプターがほぼ目の前に着地したので、彼は息を飲んだ。むやみにハンドルを切り、ほんの数インチのところで機体を避けたが、どこからともなく現れたパトカーに衝突した。

運転席の開いた窓から男性が問い詰める。「彼女はどこだ?」

ホーギーは動揺したが、その顔を思い出せないほどではなかった。「見覚えがあるぞ。あんたエヴァンズだな」

「彼女に何をした？」

その時、空が照らされ、低い雷鳴が丘に響いた。

コーキィは落ち着いた足取りで半マイル先の村に向かっていた。引き返そうかとも思ったが、男が待ち構えているかもしれないと思うと怖かった。

両脚は何とか持ちこたえているものの、時間が経っても震えを繰り返した。

ここは不毛の地だ。暗闇を見渡す限り木々はなく、萎れた低木がちらほら見えるだけだ。小道は最近車が通ったらしく、大きなタイヤの跡からするとトラックのようだ。複数の深い穴に困惑した。あたかも地面を爆発させたかのようで、歩くにつれて穴が増えてゆく。

コーキィはどの地でも夜に聞こえる音が恋しかった。鳥の鳴き声、木の葉が揺れる音、コオロギの音。いま歩いているこの場所は静まり返り、砂地を歩く彼女の足音しかしない。

彼女は思った。この地は、いまのわたしのように怯えている。

村に着くと、そこは闇に沈んでいた。灯りはないか。日よけの奥に光が、人の気配がないかを探したが、まったく見つからない。

どの家のドアをノックしようと思案しながら、彼女は泥道を進んでいった。気配を感じたかったが何もない。吹き抜ける風の中に妙な音が聞こえてきて、彼女はぎょっとした。

立ち止まり、新たな恐怖に立ちすくむ。この瞬間、ここには誰ひとり住んでいないとわかった。映画のセットのようだ。星明かりの下で、家だと思っていたものが奥行きのない黒い長方形だとわかる。

彼女の背後で爆発があり、足元に大きな衝撃を感じた。目も眩む白い閃光と耳を聾する爆発音。目の前の村が飛び上がって揺れる。地平線の先でも、閃光が漆黒を貫いている。そして前方百ヤードほどの平坦な地で、またも目の眩む爆発があり、岩や石が吹き出しているのを見て、彼女は立っていられなくなった。

コーキィは次第に意識が薄れ、怪我をして血が出ているのに気づきながらも気を失った。

グレッグが警官に尋ねる。「あれは何だ?」

「軍の演習です。書類を確認しました。開始は二三時です」

グレッグはホーギーに向き直った。「彼女はあそこにいるのか?」

ホーギーが笑う。「涼を求めて田園地帯をひとりでドライブしていたのさ……」彼が弱々しく口をつぐんだので、グレッグは彼に一歩近づいた。

「彼を逮捕しろ」

グレッグは命じると、きびきびと無線車に向かい、受話器を取った。「エヴァンズからエーカーズへ。ハノーバー軍隊駐屯地への演習延期の要請を願いたい。誘拐された人物が砲火を浴びると思われる。繰り返す」

グレッグは受話器を運転席にいる警官へ渡して指示した。「繰り返してくれ」

任務中の保安官代理が車両を急送している。「放火地域まで十五マイルの位置。司令官に伝言が届く前に到着予定」

「ヘリを借りられるか?」グレッグが頼む。

「もちろんだ――だが責任を取りたくないなら、砲弾を受けるなよ」

朝鮮戦争で従軍経験があると聞いた記憶のある操縦士の横に、グレッグは乗り込んだ。機体が振動して轟音をとどろかせながら垂直に上昇する。

「砲火の中へ行くのか？」操縦士が尋ねる。

「それがどうした？」グレッグは言い返した。

「まあいいさ――あの娘がいるなら」

ヘリコプターは道路に沿って木立のすぐ上を進んだ。広域にわたって迫撃砲を敷設してある右手の演習区域では、閃光が見え、はるか荒野に砲弾が高く弧を描いている。空を紙で切り抜いたように一瞬、光で満たされてすぐに漆黒へと戻る。

「くそ、戦場に戻ったようだ――逃げ出したいね」操縦士が言う。

機体はフェンスの切れ目の位置に来ると演習地に入った。田園地帯を横切り、最初の迫撃砲が撃たれている偽の村に行く。

操縦士が言う。「こんな匂いだった。死の匂いだ」

ヘリコプターは砲火の上をロブスター並みの速度で進む。白い閃光で中断される、恐ろしく黄色に輝く田園地帯に、グレッグは落下傘付き投下照明弾を落とした。これでは生き物は全滅すると恐れながらも、すがるような思いで必死になって地面を調べた。その時、コーキィを見つけた。不毛の地にひとり、彼女は一心不乱に手を振りながらヘリを追いかけている。機体のすぐ下で迫撃砲が爆発し、衝撃波で後方へ流された。充満していた煙や埃が納まってグレッグが下を見ると、コーキィの姿はなかった。

なお砲撃地域にいながら、操縦士は根気強く旋回した。しばしば下では砲撃で地面が激しく隆起し、その直後に振動が機体を襲った。

グレッグは梯子を見つけた。通常それは洪水で救助を待っている人のためのものだ。それを地面よりはずっと上で、宙に浮く位置に下した。ヘリコプターは同じ経路を再び旋回し、さっきコーキィを目撃した現場に到着すると、操縦士は機体を安定させた。それはロッキングチェアに座って宙に浮いているような、妙な感覚だった。砲弾はいよいよ激しくなり、地面自体が爆発しているように思える。

そしてグレッグは彼女を見つけた。

「どうだ?」彼が操縦士に尋ねる。

答える代わりに機体はゆっくり降下し砲火のすぐ上まで来た。

「ここだ」グレッグが言った。梯子が地面近くを移動する。彼女のいるすぐ上に来た。

「くそ」砲弾が風を切る音が聞こえて操縦士が悪態をつく。

コーキィが梯子の一番下の横木に足をかけ、手で梯子を握るのが見えた。

グレッグは言った。「よし、上がれ」

彼は浅い息で彼女を見守った。機体はゆっくり上昇したが、梯子が揺れた。彼女の衣服は半ば裂け、ヘリを見上げる彼女の顔は痛みに歪んでいる。彼女は次の横木に足を乗せようとしてためらった。再び地面で砲弾が爆発し機体が傾いた。彼女の足が滑る。

コーキィが不安定に梯子へしがみつく。グレッグは彼女に呼びかけるが、声は風にかき消される。

再び地面が暗く静かになった。

「降下しろ」グレッグが叫ぶ。梯子が地面を引っ掻くように着くと、彼女は地面に下りた。機体が着地する前に、彼は彼女に駆け寄った。肩を怪我して出血している。彼女を起こすと、ドア越しに操縦士へ彼女を頼んだ。

グレッグは、少し前まで隆起していたが現在は静まり返っている地を眺めながら立っていた。深呼吸してからヘリコプターへ乗り込む。

泣きじゃくる彼女にかける言葉もないまま、グレッグはできる限りの手当をした。ようやく彼女が口を開く。「ミック――ミックに会いたい。彼は無事なの？」

「心配無用だ」グレッグは答えた。「彼を疑っていたのが空振りで良かった。パンサーも潔白だ」

コーキィは何も言わない。

グレッグはひと息つき、その時になって初めて気弱になった。そばにシンシアがいて、ミスター・アダムが喉を鳴らして見守っていてくれたら。そう願った。

訳者あとがき

本作『盗聴』は、ゴードン・ゴードンと妻のミルドレッド・ゴードンが一九五五年に合作で発表した“The Case of the Talking Bug”の邦訳です。

米国の警察に属する警部補グレッグ・エヴァンズは、警察署内でもごく一部の署員しか存在を知らない、通信傍受部署、盗聴室の長として、様々な犯罪の容疑者の電話を傍受して、事件を解決しようと努めています。様々な事件の容疑者及び、容疑者と直接連絡を取る可能性の高い一般市民の電話を盗聴する毎日です。マネーロンダリング犯罪にかかわる大物の証拠をつかむべく情報収集を続けていくうちに、これから起こるであろう殺人事件の情報を傍受し、捜査に乗り出します。

機密事項であるはずの通信傍受ではありますが、おおやけにも盗聴の事実が漏れており、グレッグは法廷で盗聴の是非を主張する場に立たされます。

グレッグは警察署内の個性的な面々と渡り合いながら真相究明へ情熱を持続して、事件を解決に導く仕事熱心な面がある一方で、プライベートでは、ミスター・アダムという名の猫を飼い、隣の家に住む若い女性と恋愛に発展しつつある、普段の生活を大切にしている一面もあります。

プライバシーと捜査活動については世界規模で過去から多く問題点が挙がっています。日本では一九九九年に通信傍受法が成立し、二〇一六年には改正されました。これにより、裁判所の令状があれば警察の施設内で盗聴が可能となりました。本作品はあくまでフィクションですが、現在の日本と重なる通信傍受体制とその課題が半世紀以上前に描かれているのは、非常に興味深いところです。

原題の中の〝Bug〟は、日本では〝故障（バグ）〟という、コンピューター用語で日常的に使われますが、英語では主として〝昆虫〟という意味で用いられます。その他に〝盗聴器〟、〝隠しマイク〟、そして〝熱中する人〟などの意味があります。この作品では盗聴室で通信を傍受している電話を〝Talking Bug〟と表していますが、そこには「お喋りに熱中している人を盗聴する機械」という意味合いが込められています。


作家のゴードン夫妻についてご紹介しましょう。

ゴードン・ゴードン（一九〇六―二〇〇二）はインディアナ生まれ。新聞記者、映画配給会社の広報担当を経て、第二次世界大戦中はＦＢＩの対敵諜報活動員を三年間勤めました。アリゾナ大学でカンザス生まれのミルドレッド（一九一二―一九七九）と出会って愛を育み、一九三二年に結婚します。ミルドレッドは教師、編集者、通信社勤務の経験があり、小説を一作発表しています。ゴードン夫妻は多くの犯罪小説を共作で発表しており、数作が映画化されています。

夫婦二人三脚の執筆により、緻密でありながら奥行きや躍動感があり、社会的問題にも一石を投じる作品を紡ぎだすことに成功しているのは実に見事です。本作品は終盤の展開が非常に映像的であるのが大きな特徴となっており、ゴードン夫妻の作品が多く映画化されているのも頷けるところです。

本作出版に当たりましては仁賀克雄先生、そして論創社編集部の林威一郎氏に心より感謝いたします。

仁賀先生は昨年一二月に逝去されました。未熟な私をミステリ翻訳の世界に導いてくださり、いつも叱咤激励してくださった恩師でした。もうお会いできないかと思うと残念でなりません。謹んで哀悼の意を表します。

元ＦＢＩエージェントが書いた警察捜査小説《ポリス・プロシージュアル》の問題作

横井　司（ミステリ評論家）

海外ミステリにおいて夫婦作家といえば、イギリスのＧ・Ｄ・Ｈ＆マーガレット・コール夫妻やアメリカのリチャード＆フランセス・ロックリッジ夫妻がよく知られている。近年ではマルティン・ベック・シリーズで知られるスウェーデンの作家コンビ、マイ・シューヴァルとペール・ヴァールーが、もっとも有名かも知れない。ジャック・フットレルとメイ夫人のように、一度だけ合作した例もあるし、ディック・フランシスのように、夫人の関与が表に出ない場合もある。ブレッド・ハリデイとヘレン・マクロイ、ロス・マクドナルドとマーガレット・ミラーのように、夫婦のそれぞれが単独で作家として名を成した例も見られるが、夫婦がそれぞれ単独で活躍している場合は、合作で創作するということは稀なようである。夫婦のそれぞれが強烈な個性を持っているならば、合作という方法を採るよりも、個々で創作に勤しんだ方が優れた作品が生まれるということだろうか。

本書『盗聴』*The Case of the Talking Bug*（一九五五）によって、日本に初めて紹介されることとなったゴードン＆ミルドレッド・ゴードン夫妻は、おしどり作家の系譜につらなるニューカマーである。まずはその経歴を紹介しておくことにしよう。

夫の方はゴードン・ゴードンという変わった姓名で、一九〇六年三月十二日にインディアナ州で生まれた。また、のちに妻となるミルドレッド・ニクソンは一九一二年六月二十四日にカンザス州で生まれた。共にアリゾナ大学で学んだ二人は、一九三二年に結婚。ゴードンは報道レポーター、雑誌編集者、20世紀フォックスの宣伝係等を経てのち、戦時中はＦＢＩの諜報員（counter-espionage agent）として活動。一九四五年以降は専業作家となった。ミルドレッドは学校教師を務めたのち、雑誌編集者を経て、一九三五年以降、専業作家となった。

一九四六年には、ミルドレッド単独で *The Little Man Who Wasn't There* をダブルデイ・クライム・クラブの一冊として上梓。これはアントニイ・バウチャーが週間書評で取り上げているから、そこそこの出来栄えだったのだろう。その後、本が出ることはなく、一九五〇年になってザ・ゴードンズ The Gordons 名義で *Make Haste to Love* が、やはりダブルデイ社から刊行された。以降は、ザ・ゴードンズ名義で二十作近い長編が上梓されていくことになる。

同じ一九五〇年に発表された *FBI Story* で、シリーズ・キャラクターのジョン・リプレーを初めて登場させた。一九五五年には本書『盗聴』を発表し、アメリカ探偵作家クラブ賞の候補となっているが、残念ながら受賞を逃している。同年の受賞作がマーガレット・ミラーの『狙った獣』であってみれば、相手が悪かったとしかいいようがない。一九六五年に発表された *Power Play* は、翌年、イギリスで刊行され、その年の英国推理作家協会賞の候補となっている。同年の受賞作は、ゴールド・ダガー（最優秀長編賞）がライオネル・デヴィッドスンの『シロへの長い道』、シルヴァー・ダガー（次点）がジョン・ビンガムの『ダブル・スパイ』だった。

このように受賞運に恵まれなかったザ・ゴードンズだったが、早い内から作品の映画化には恵まれており、一九五四年に、合作デビュー作の *Make Haste to Live* が Republic というタイトルで、またリプレー・シリーズの第二作 *Case File: FBI*（一九五三）が United Artists というタイトルで公開されている（前者は『蛇のような男』のタイトルでテレビ放映された）。ザ・ゴードンズの作品を原作とした映画で最もよく知られているのは、*Undercover Cat*（一九六三）を映画化した『シャム猫ＦＢＩ／ニャンタッチャブル』That Darn Cat だろう。同作は一九九七年になってリメイクされ、日本では『誘拐騒動／ニャンタッチャブル』という邦題でビデオ公開されている。アンダーカバー・キャットことランドール家の飼猫ダーン・キャット（愛称ＤＣ）は一九六六年と一九七四年にも再登場しており、これらの作品によってユーモア・ミステリないしコメディの書き手としても知られるようになった。シリーズものとしては他に、新婚夫婦が事件に巻き込まれるゲール&ミッチ・シリーズがある。

一九七九年二月三日にミルドレッドが亡くなり、ザ・ゴードンズとしての活動は終了したかに見えたが、ゴードン・ゴードンは一九八一年（一九八〇年ともされる）にメアリー・ドール Mary Dorr と再婚し *Race for the Golden Tide*（一九八四）を上梓。Wikipedia によれば、一九九八年にも *The Hong Kong Affair* を発表したことになっている。またウェブサイト Stop, You're Killing Me! では、二〇〇〇年にジョン・リプレーものの *It Could Happen!* が刊行されたことを伝えている。同サイトではメアリーとの合作という扱いではなく、この時点でゴードン単独の執筆というのも不思議なのだが、一応あげておく。

二〇〇二年三月十四日にゴードン・ゴードンが亡くなり、その二年後の二〇〇四年には再婚相手のメアリーも身まかって（月日不詳）、ここに作家ユニットとしてのザ・ゴードンズは終焉を迎えた。

本邦初訳の本書『盗聴』は、ザ・ゴードンス名義の長編としては第五作にあたる。イギリスでは*Playback*というタイトルで刊行された。

カリフォルニアのある警察が盗聴室を設け、犯罪者や犯罪者の家族の電話を盗聴し、捜査の助けとしていた。盗聴室の責任者は大学出のグレッグ・エヴァンズ警部補で、現在はマネーロンダリングを生業《なりわい》とするハリー・J・マローンに焦点を絞り、マネーロンダリングを仲介しているホーギーの正体をつかみ、現行犯逮捕を狙って、その電話を盗聴しているところだった。ある日、二人の電話のやりとりから、一人の女子大生が殺されることを察知したグレッグは、緊急手配するが、殺人を未然に防ぐことは叶わなかった。被害者の妹も狙われていることを懸念したグレッグは、友人と旅行に出ている妹の行方を摑もうと苦心する。こうして始まった物語は、マネーロンダリング業者に対する盗聴捜査と、冒頭で殺された女子大生の犯人探し、およびその妹の保護が中心となって、テンポよく進んでいく。

捜査における盗聴行為は市民からの反発が少なくなく、合衆国憲法・修正第四条の、不合理な捜索および押収に対し、身体、家屋、書類および所有物の安全を保障されるという人民の権利に関わるため、問題になることが多い。アメリカのミステリにおいてしばしば見られる、違法捜査による証拠は認められないという判断が法廷で示される場面も、修正第四条に拠る。近年では、二〇〇一年に起きたアメリカ同時多発テロの影響で、アメリカ国内における情報収集の規制が緩和され、盗聴捜査に対する批判は弱まったものの、二〇一三年に元情報局員エドワード・スノーデンによって、合衆国政府が無差別監視を行っていることを内部告発する、いわゆるスノーデン・リークによって、ふたたび大きな問題となったことは記憶に新しい。そうした近年の動向を知っていると、本書に描かれた盗聴行為に基づく証拠集めは、人権侵害と見なせないこともなく、よくいって牧歌的、悪くいえば旧態以前の違法捜査を描いた作品と見なされるかも知れない。ゴードン・ゴードンがＦＢＩのエージェントとして活動していたことが反映されているのは明らかで、初代長官のＪ・エドガー・フーバーが絶大な権威を振るっていた頃に秘密警察化したとまでいわれ、その死後になってＦＢＩの威信が地に墜ちたことをふまえると、本書に描かれているような捜査法は、反時代的なものとなってしまったといわざるをえまい。

かといって、ザ・ゴードンズが盗聴捜査を全面的に支持しているというわけでもない。グレッグ警部補の苦悩を通して、こうした捜査法は正しいのかどうかが何度も問われている。第三一章では、大陪審の法廷でグレッグが人権派の医師から非難されるシーンなどが描かれていることからも、ザ・ゴードンズの姿勢は明らかだろう。正しい警官が正しい目的のために行うのであれば認められるのではないか、というのが、おおまかな認識のようで、大陪審の場面やグレッグの隣人シンシアの台詞から、当時の一般的なアメリカ市民が、同様の考え方をしていたであろうことは想像がつく。それでも最終的には、グレッグが盗聴室勤務から殺人課へと移転を願い出るのは、どちらかといえば盗聴捜査に後ろめたさを、書き手もまた覚えていたからだろうか。

本書が発表された前年まで、アメリカではマッカーシー旋風が吹き荒れていたことも、背景として忘れるわけにはいかない。当時はマッカーシズムは正しい目的に基づいて行われていると思われていたわけだが、現在では大衆ヒステリーとも考えられている。共産主義者に対する思想取り締まりが、リベラルの取り締まりへと移行していったように、人間が完全な存在でない以上、権力者の恣意的な判断によって、当初の目的から逸脱し、悪用に至ることは避けられない。グレッグの移転願いは、そうした人間の限界を意識した結果だったともいえるかもしれない。

ミステリとして本書は、警察の捜査をリアルに描いたポリス・プロシューデラルものの古典と位置づけることができるだろう。当時はジャンルとしての警察小説の勃興期で、一九五〇年にトマス・ウォルシュが『マンハッタンの悪夢』でアメリカ探偵作家クラブ賞の新人賞を受賞し、一九五一年にはウィリアム・P・マッギヴァーンが『殺人のためのバッジ』で悪徳警官ものの先駆をつけ、一九五二年にはヒラリー・ウォーが出世作『失踪当時の服装は』を上梓した。海外ミステリのオールド・ファンにはお馴染みのベン・ベンスンが登場したのも五十年代前半であり、ザ・ゴードンズが本書を発表した翌年には、エド・マクベインが87分署シリーズの第一作『警官嫌い』を刊行し、新生面を開いている。

ポリス・プロシューデラルの勃興は、ハードボイルドの登場に続いて、アメリカのミステリにリアリズムの洗礼をもたらしたといってよいだろう。私立探偵小説が、個人としてのヒーローをリアルに描く物語だとすれば、警察捜査小説は、組織全体をヒーローと見立ててリアルに描く物語である（ここでのリアルとは、いわゆる本格ミステリと比較しての話）。ザ・ゴードンズはもともと、FBI捜査官のジョン・リプレー・シリーズで捜査小説にリアリズムをもたらしたとして評価されたのであったから、『盗聴』で警察の捜査をリアルに描くことは手馴れたものだったと考えられる。

先にもふれたとおり、受賞歴に恵まれなかったことと、87分署シリーズのように、組織に所属しながら強烈な魅力を醸し出すシリーズ・キャラクターを想像し得なかったことが、日本への紹介を遅らせた原因のひとつだったに違いない。一九五〇年代（昭和二十年代後半から三十年代前半）は、日本のミステリ界において、松本清張の社会派推理小説がいまだ登場しておらず、海外ミステリでいえば、大戦間の黄金時代の作風（伝統的な本格ミステリの完成形）がようやく定着しようとしていた頃であってみれば、大きな賞の受賞作かベストセラー以外の作品が紹介されることがなかったのも、仕方のないことだったといえる。

現在のように、多彩な海外ミステリが紹介され、読み手の趣味も広範囲にわたるようになった時代であれば、ザ・ゴードンズの作風も受け容れられやすいのではないだろうか。グレッグが飼っている猫との交流がさり気なく描かれたり、盗聴捜査を通して関係者の子どもがポリオで入院していることを知り、心を痛めるグレッグや同僚の心理が描かれたり、ヒューマンな描写にも怠りない。盗聴室の秘密を雑誌記者に漏洩する同僚がいるというサブ・ストーリーも、今となっては型通りながら、警察小説には書かせない要素であることは否定できまい。最後に描かれる、第二の被害者の殺害方法は、いかにもアメリカらしいスケールの大きさで、ＦＢＩものを書いたザ・ゴードンズの面目躍如といった感がある。

現代のアメリカ・ミステリであれば、本書の倍以上のページを使って登場人物を書き込み、興趣を盛り上げるのであろうけれど、ザ・ゴードンズの本書が持つ簡潔さの妙も捨てがたい。重厚長大な現代ミステリに食傷している方にこそ繙いてもらいたい、小粒ながらキラリと光るところを持つ秀作なのだ。

〈ザ・ゴードンズ長編リスト〉

（#＝ジョン・リプレーもの、＊＝猫のDC・ランドールもの、†＝ゲール＆ミッチもの）

01. The Little Man Who Wasn't There（1946）＊ミルドレット単独執筆
02. Make Haste to Live（1950）
#03. FBI Story（1950）
04. Campaign Train（1952）別題 Murder Rides the Campaign Train
#05. Case File: FBI（1953）
06. The Case of the Talking Bug（1955）英題 Playback　盗聴（本書）
07. The Big Frame（1957）
#08. Captive（1957）
09. Tiger on My Back（1960）
#10. Operation Terror（1961）別題 Experiment in Terror
11. Menace（1962）英題 Journey with a Stranger
＊12. Undercover Cat（1963）別題 That Darn Cat
13. Power Play（1965）
＊14. Undercover Cat Prowls Again（1966）
†15. Night Before the Wedding（1969）
16. The Tumult and the Joy（1971）＊普通小説
#17. The Informant（1973）

＊18. Catnapped: The Further Adventures of Undercover Cat（1974）
19. Ordeal（1976）
†20. Night After the Wedding（1979）
21. Race for the Golden Tide（1983）＊メアリー・ドールとの合作
22. The Hong Kong Affair（1998）＊メアリー・ドールとの合作
#23. It Could Happen!（2000）＊メアリー・ドールとの合作？

●参考文献

北島明弘『世界ミステリー映画大全』愛育社、二〇〇七。

＊

Francis M. Nevins ed. *The Anthony Boucher Chronicles: Reviews and Commentary 1942-1947.* Mississippi, Ramble House, 2009.

John M. Reilly ed. *Twentieth-Century Crime and Mystery Writers. 3rd ed.* New York, St. Martin's Press, 1980.

Roger M. Sobin ed. *The Essential Mystery Lists: For Readers, Collectors, and Librarians.* Scottsdale, Poisoned Pen Press, 2007.

＊

英語版ウィキペディア　https://en.wikipedia.org/wiki/The_Gordons_(writers)

Stop, You're Killing Me!: A Website to die for ... if you love mysteries. https://www.stopyourekillingme.com/G_Authors/Gordons.html

〔著者〕
ザ・ゴードンズ
ミルドレッド・ゴードンとゴードン・ゴードンの夫婦作家。ミルドレッド・ゴードン。1905年、アメリカ、カンザス州生まれ。アリゾナ大学卒業後、教職、雑誌の編集に携わる。79年死去。ゴードン・ゴードン。1906年、アメリカ、インディアナ州生まれ。アリゾナ大学卒業後、リポーター、〈Tucson Daily Citizen〉紙の編集長、20世紀フォックス社の広報、FBIの対諜報活動員を務める。02年死去。

〔訳者〕
菱山美穂（ひしやま・みほ）
1965年生まれ。英米文学翻訳者。アンドリュウ・ガーヴ『運河の追跡』、バート・スパイサー『ダークライト』（ともに論創社）のほか、別名義による邦訳書あり。

盗聴《とうちょう》
——論創海外ミステリ 203

2018年1月20日　初版第1刷印刷
2018年1月30日　初版第1刷発行

著者　ゴードン夫妻
訳者　菱山美穂
装丁　奥定泰之
発行人　森下紀夫
発行所　論創社
〒101-0051 東京都千代田区神田神保町2-23 北井ビル
電話 03-3264-5254　振替口座 00160-1-155266

印刷・製本　中央精版印刷
組版　フレックスアート

ISBN978-4-8460-1687-6
落丁・乱丁本はお取り替えいたします